Éditeur Pierre-Yves Nédélec – 4, rue des ajoncs – Locronan – France
Dépôt légal Octobre 2020
Imprimé à la demande

Pierre-Yves Nédélec

Jésus de Plouménez

Farce philosophique en alexandrins
approximatifs

Avertissement :

Le présent ouvrage est tout entier sorti de l'imagination de son auteur, qui le revendique. Il s'agit donc d'une œuvre de fiction. Toute personne qui penserait se reconnaître dans les lignes qui suivent commettrait donc un péché d'orgueil, et ça, c'est pas beau.

Chapitre premier

Où il est question d'un lieu bizarre, et d'un drôle de type

C'est un lieu qui se nomme simplement Plouménez.
Plou est le mot breton qui désigne un village,
Et ménez signifie, depuis le fonds des âges,
Que d'un mont, quelque part, il marque le sommet.
Le tout étant breton, il est sis en Bretagne.
C'est tout ce que, de lui, vous apprendra son nom.
Qu'a de particulier ce lieu dans la montagne ?
Pas grand-chose, à vrai dire... Où bien tout, c'est selon.
C'est selon votre humeur, votre capacité
A croire au merveilleux que, depuis si longtemps,
Les sciences dites exactes, avec méchanceté,
A tout nous expliquer, réduisent à néant.

C'est qu'il n'est pas facile de trouver Plouménez.
Un chemin seul accueille le pas des prétendants.
Il est long, et étroit, il monte et il descend.
Il s'avance sans hâte, caressant les halliers,
Contournant les collines, saluant au passage
Les collègues qu'il croise aux joyeux carrefours
Que protègent des croix ornées de fleurs sauvages
Pour dire merci au ciel d'avoir porté secours.

Ils sont mignons tout plein, ces carrefours champêtres !
Seuls leur manquent les mots... Je veux dire les panneaux !
Parce qu'à Plouménez, de souvenirs d'ancêtres,
Une fois seulement on a pu voir l'auto,

La fourgonnette orange des messieurs de la ville
Qui plantent des panneaux partout dans la campagne...
Elle s'est arrêtée là, devant l'Hôtel de Ville,
Et n'a jamais voulu repasser la montagne.
Et comme il n'y a pas, dedans ce pays-ci,
Garagiste au village, plus que de téléphone,
Elle est restée coincée, lentement s'est ternie,
Puis s'est parée de rouille comme feuille en automne,
La malle pleine de panneaux de direction...
Et la route, depuis, continue son bonhomme
De chemin vicinal, dessous les frondaisons,
Fleurant bon le crottin, et l'herbe, et puis la pomme.

C'est une petite route, timide, qui n'aime pas
Qu'on parle d'elle. D'ailleurs, on ne la trouve pas
Sur les cartes routières ! C'est dire si elle se cache !
Alors ? Demandez-vous, impatients potaches,
Mais alors comment faire pour trouver ce village ?
Je pourrais vous répondre, ironique, ou bien sage :
" - La trouver ? Pour quoi faire ? Qu'en avez-vous besoin ? "
Mais ce serait, je crois, vous traîner un peu loin.
" Elle ne se trouve pas " est la seule réponse
Qu'un honnête conteur puisse faire à ce propos.
Plus on cherche, moins on trouve, dans l'erreur on s'enfonce.
On tourne encore en rond... Et on l'a dans le dos !

Parmi ceux qui se perdent, seuls d'entre-eux quelques-uns,
Et justement ceux-là arrivent au village.
La sagesse populaire ne livre pas d'adage
Pour éclairer ce point. Ceux-là, les bienheureux,
Ne seront parvenus à percer le mystère
Que parce qu'ignorant qu'il existe sur terre
Dans cet endroit perdu un comparable lieu.
Comme ils étaient perdus, ils se sont retrouvés...
Alors, si ça vous chante, perdez votre chemin...

Faites-le sans calcul, ayez l'esprit gamin,
Sans quoi vous risqueriez d'errer longtemps, au gré
De ces petites routes, qui, paisibles, serpentent
Sans but, au fin du fond de la verte contrée
Qui toutes, se ressemblent.

Les chênes, à Plouménez, sont verts, mais plus qu'ailleurs.
Plus qu'ailleurs les genêts éclatent de couleur,
Et renvoient à leurs serres les bouquets anémiques
Qui tentent d'amadouer aux rives d'Armorique
Le conducteur perdu sur ces vilaines voies
Que l'on prétend rapides, quand elles ne bougent pas,
Au prétexte qu'elles lient en toujours moins de temps
Un tas de béton gris à un autre moins blanc.
La vitesse au village n'a pas droit de cité.
Ici, on sait encore consacrer un moment
À savourer, tranquille, le merveilleux instant
Qui sépare d'où je viens et où je veux aller.

Plouménez, on y vient, on trouve sans savoir,
À calmes enjambées on circule sans croire,
Et on le quitte enfin, détendu, apaisé…
Le chemin vicinal suffit donc largement
À l'office que le sort lui a confié céans,
D'autant plus largement que l'on y vient à pied,
Après avoir laissé, étrangement en panne,
Une auto qui marchait fort bien jusqu'à présent…
Ou encore poursuivi un cheval ou un âne,
Qui aura profité d'un arbre intelligent,
Dont la racine haute, ou la branche trop basse,
Aura, du cavalier, fait un pauvre rampant,
Qui piste dans la boue l'animal à la trace.

À Plouménez il pleut. Souvent. En abondance.
Mais la pluie tombe ici autrement que la flotte

Sans imagination qui arrose la France,
Incolore, inodore, insipide et pâlotte.
En toute liberté elle conte l'étendue
De l'infinie palette de ses talents cachés.
Elle sait être une bruine, douce et fraiche, ingénue,
Qui détend le visage et lave les pensées.
Elle peut rire aux éclats, en ondées dynamiques,
Qui nourrissent le sol et tous ceux qui y vivent.
Elle peut masquer le jour d'un long rideau tragique,
Quand les heures sont froides et les âmes rétives,
Pour donner à chacun le plaisir de goûter
À la tiédeur de l'âtre, tous ensemble groupés
À manger des châtaignes. Elle peut aussi hurler,
En bourrasques démentes, sa nature indomptée.
L'homme sage sait alors apprécier le talent
De l'artisan couvreur qui le tient protégé.
À Plouménez la pluie, qui tombe bien souvent,
Est toujours un bienfait que l'on sait apprécier.

À Plouménez encore souffle toujours le vent,
Qui conjugue, lui aussi, tous les temps qu'il peut faire,
De la brise charmante qui berce les amants
Alanguis au hamac, à la grosse colère
Qui en un tournemain recoiffe la forêt,
Et précipite au sol un fardeau de débris
Qui seront bien utiles une fois ramassés
Pour allumer le feu qui chauffe les logis.
À Plouménez le vent, qu'il gazouille ou qu'il gronde,
Se comporte en ami. En ami on l'attend.
Jamais ici ne souffle le vent de la fronde,
Le seul enfant banni de la famille des vents.

Tout autour du village s'étale une forêt,
Une vraie, bien touffue, rétive à la gestion.
Un savant botaniste qui s'y hasarderait

Dirait à son propos, sans poser de question,
Qu'on est là en présence d'un biotope préservé.
Mais il faudrait d'abord qu'il la puisse trouver.
Pour la trouver il lui faudrait être poète.
Or, a-t-on jamais vu poète intéressé
À faire rimer biotope ? C'est une rime bête
Qui ne mérite pas qu'on en fasse un sonnet.

C'est une forêt verte, au printemps, clairement
Et aussi en été, c'est assez évident.
À l'automne elle se pare de pourpres et de jaunes,
Et d'ocres et de bruns. À l'hiver elle est noire.
Toute déshabillée, déjà, elle se prépare
À renaître, Phénix, dans ses chênes et ses aulnes,
Comme se doit de le faire une forêt bretonne,
Une vraie qui refuse la rentabilité
Des conifères stupides qui poussent alignés,
Sans imagination, en files monotones.
Comment pourrait-on faire des rangs comme des oignons
Quand le granit affleure, joue avec les racines,
Et crée de ci, de là, ici une ravine
Et puis, juste à côté, une série de monts
Où se cachent les fées, et leurs cousins lutins ?
Qui donc a jamais vu un elfe dans un pin ?

Au cœur de la forêt, sans souci des chasseurs
Nichent des animaux qu'on voit aussi ailleurs,
Dans des zoos ou encore dans des livres d'images.
Ils vivent en harmonie, car ils sont restés sages,
C'est-à-dire qu'ils naissent, et puis aussi qu'ils mangent,
Ou bien qu'ils sont mangés. C'est ainsi. C'est la loi.
À l'œil du citadin que cette loi dérange,
La nature est cruelle, il ne l'accepte pas.
Mais quand on la contraint, elle devient moribonde,
Perd son parfum pour une odeur nauséabonde.

Ses habitants s'étiolent, peu à peu disparaissent...
Elle sait, mieux que les hommes, ce qui lui fait du bien !
Elle ne demande rien, la forêt, qu'on la laisse
Se gérer toute seule sans la changer en rien !
Connaissez-vous d'autres forêts de par chez nous,
Où se côtoient encore le renard, la belette,
Comme dans la chanson ? Et puis aussi le loup ?
Il y en a une harde, qui compte bien dix têtes,
Que ne craignent pourtant les bergers du village,
Car elle a ses affaires ailleurs, dans la forêt.
Elle y gite, elle y chasse, elle est trop occupée
Pour se soucier d'aller, au sein des pâturages,
Ennuyer les moutons, au demeurant discrets,
Qu'élèvent deux ou trois bergers à Plouménez.

Les gens de ce village – ils le sont de naissance –
Aiment à se promener au cœur de la forêt.
Ils ne s'y ennuient pas, ils ont la connaissance
Des cris, des chants des traces, et aussi des brisées.
Quand ils ont un souci, ils viennent en forêt,
Ils l'écoutent, ils la lisent, s'en retournent apaisés.
Si on leur demandait, ils sauraient vous répondre
Que le merle sifflait pour trouver une épouse,
Que les bergeronnettes venaient juste de pondre,
Que deux mésanges noires, l'une de l'autre jalouse
Se disputaient un nid, qu'un corbeau querelleur
Apostrophait le monde sans trouver un écho.
Ils vous diraient encore qu'un pauvre vieux blaireau
A terminé sa vie, pour lui a sonné l'heure,
Mais que les marcassins dont le poil à bruni
Se disputent la place à la queue de leur mère.
Qui le demanderait ? Personne par ici !
Ceux du village savent, et préfèrent se taire,
Et ceux qui n'en sont pas n'y peuvent rien comprendre
Et restent peu de temps pour espérer apprendre.

Du coup, à Plouménez, on se parle très peu.
Pour dire le temps qu'il fait ? Quel besoin ? On le voit.
Celui qu'il pourrait faire ? On le verra sous peu,
Et le fait d'en parler ne le changera pas,
Alors, autant se taire. Mais se taire de mots.
Il est d'autres langages perdus dans d'autres sites,
Mais pratiqués ici et qui tiennent aussi chaud.
Le langage des yeux, qui se plissent et s'agitent,
Qui s'ouvrent et puis se ferment, et sourient de nouveau.
Le langage des mains, en geste étroit ou large,
Qui tracent dans l'espace leur message si beau,
Disent " bonjour ", " adieu ", et encore davantage.
Et la langue de l'âme qu'on n'a pas oubliée,
Mais sans savoir, pourtant, qu'aussi on la connait.
Ensemble on la partage, c'est ainsi, et c'est bien,
Ça ne s'explique pas, et puis à qui, enfin ?
Ceux qui arrivent sans ne pourraient pas comprendre,
Et ceux qui s'en retournent en sont déjà dotés,
Sans pour autant avoir travaillé à l'apprendre.
C'est un don, c'est inné, c'est ainsi Plouménez.

Pourtant, il faut le dire, deux ou trois fois par an,
Ou bien quatre, mais pas plus, il débarque des gens
Dans ce village perdu au cœur de sa forêt.
Ils viennent solitaires, ou bien parfois en paire,
Ne savent pas comment sont ici arrivés,
Mais c'est une évidence, car, dans le cas contraire,
C'est qu'ils auraient cherché, et n'auraient pas trouvé…
Et toujours un par un, deux par deux, ils finissent
Sur la place de l'église du village oublié,
Car l'unique chemin, juste sur l'édifice
Depuis qu'il fut tracé vient se casser le nez !
Cette place est un sac dont l'église est le cul…
Vive les culs bénis, ma mère, vive les culs…

C'est une belle église que celle de Plouménez.
Elle est toute petite, sauf bien sûr le clocher
Qui projette si haut son granit ajouré
Qu'il donne le vertige à un vieux coq en fer
Que le vent en riant fait couiner de travers.

La porte principale en mange la façade…
Et touche presque le toit de son ogive usée.
Dedans le vieux clocher, entre les colonnades,
À une grosse poutre solidement fixées
Nichent deux grosses cloches, également muettes.
L'une a perdu sa corde, et l'autre son battant,
Mais, entre nous et Dieu, est-ce si important ?
On ne se soucie pas de toutes ces sornettes,
De l'heure qu'il peut être au cadran des réveils,
De ces fuseaux horaires qui pètent bien trop haut,
Et qui depuis Paris, ou Londres ou bien Oslo
Voudraient faire croire qu'ils font lever le soleil !
Il est juste le temps de faire de faire de qu'il faut.

Ces cloches n'appellent donc les fidèles à prier ?
Me demanderez-vous, surpris, le verbe haut.
Peut-on, à la campagne, à ce devoir manquer ?
Mais qui vous dit qu'on manque ? Que l'on est malhonnête ?
D'ailleurs, pour couper court, je vous le dis tout net,
Jamais aucun curé n'arriva au village.
La route a estimé qu'ils n'étaient pas si sages,
Ou bien qu'ils l'étaient trop. Et la vieille chapelle
Dont le granit s'orne de lichen et de fleurs
Qui naissent aux jointures, lui donnent des couleurs,
Malgré ses centenaires est encore jouvencelle.
Pas un prêtre, jamais, pas un de ceux de Rome
N'a, en ces lieux, parlé au nom de Jésus-Christ
Mais un autre, peut-être, s'est senti là chez lui.
On le serait à moins, aux dires du bonhomme.

La chapelle, à l'en croire, abrite son portrait,
Et puis ceux de sa mère, et ceux de ses amis,
Qui, au travers des temps, depuis deux mille années,
Ont porté son message pour qu'il nous soit transmis.
Et oui, vous lûtes bien, il est à Plouménez,
Dans ce village perdu, un homme nommé Jésus.
Jésus de Nazareth ? Oserait demander
Un touriste quelconque, de son air ingénu.
Dans un éclat de rire, on lui rétorquerait :
" Je suis de Plouménez, c'est le nom du village.
Je n'ai donc rien à faire de celui d'un autre âge
Que vous me proposez. " Et Jésus s'en irait,
Un grand sourire aux lèvres… Mais ça ne se peut pas,
Ce ne serait qu'un rêve ! Comment voudriez-vous
Qu'un touriste égaré arrive jusque-là ?

Il en est un, pourtant, venu on ne sait d'où
Il y a quelques années. Il s'appelle Jean-Pierre.
Et il s'est installé. Lui aussi, maintenant,
Il est de Plouménez, tout autant que les pierres.
En ce qui le concerne, les anciens remontant
Loin dans leurs souvenirs se rappellent qu'un jour
Il est arrivé là, et puis qu'il est resté.
Mais le plus vieux des vieux, aussi loin qu'à rebours
Il puisse retrouver les lambeaux du passé
Qui subsistent encore au coin de sa mémoire
De plus de cent années, ne pourrait retrouver
Le souvenir d'un temps aussi loin dans l'histoire
Où Jésus n'était pas Jésus de Plouménez.

Jésus n'habite pas au-dedans du village.
Il vit dans une grotte, au cœur de la forêt.
C'est solide, une grotte, pour contrer les outrages
D'un temps qui doit durer toute une éternité.
N'allez pourtant pas croire qu'il est privé de tout.

Par la grâce du ciel, et d'un petit ruisseau,
Pour se laver et boire, il a l'eau qu'il lui faut.
Son compagnon Jean-Pierre qui traine un peu partout,
Lui fournit le poisson, et les bosquets autour
Le comblent de leurs baies, douces comme le velours.

Nul ne sait d'où il vient, ni quand il arriva.
Les registres au village sur ce point sont muets.
Mais qui s'en soucierait ? Comme un arbre il est là,
Et il y restera, tranquille comme un rocher.
L'un ni l'autre non plus n'ont d'acte de naissance
Qui donc pourtant pourrait nier leur existence ?

C'est un homme petit, dont le corps charpenté
Accuse tout au plus trente maigres années,
Mais depuis si longtemps que parfois l'on s'y perd.
Il est brun de cheveux, porte poil au menton.
Ses yeux sont noirs aussi, ou bien peut-être verts…
Du fond de leurs orbites, sans faire de sermon,
Ils scrutent leur prochain, avec infiniment
De douceur, et d'amour, et de compréhension.
Certains qui pourraient croire, à me lire céans,
Que ce n'est qu'un quidam, un quelconque breton,
Et que je brode un peu, à croiser ce regard
Se sentiraient piteux, et changeraient d'avis.
Mais je redis encore ce que j'ai déjà dit.
Cela ne se peut pas, car seuls peuvent le voir
Ceux d'Il veut appeler, qu'Il guide jusqu'à Lui,
Pour les rendre à la vie dont ils s'étaient lassés.

Jean-Pierre, quant à lui, est homme compliqué.
Ancien marin-pêcheur, il est grand, bien bâti,
Aime boire et manger, parle souvent trop fort,
Et de tout et de rien, aboie plus qu'il ne mord
Et puis, sans prévenir, change totalement

Pour devenir agneau, et disciple modèle.
Il est, de son seigneur, le serviteur fidèle.
Pour parler de Jésus, ce qu'il fait bien souvent,
Il pèse peu les mots et ne les choisit pas...
Et quand s'exprime Jean, on entend la lumière,
Quand c'est Pierre qui gronde, on reconnaît le Père
Qui impose au cadet ses vues de fier à bras
Qui a beaucoup vécu, et qui connaît les choses
Et qui sait que la vie n'est pas toujours si rose.
Et c'est ainsi qu'ici, au cœur de la forêt,
De rencontre en rencontre, pour le bonheur des gens
S'écoulent les journées, et les mois et les ans
Au rythme des saisons du bois de Plouménez.

Chapitre deuxième

Dans lequel on rencontre un professeur perdu

Il est, dans la forêt, un endroit bien spécial,
Différent de tout autre, où qu'il se puisse trouver.
Vous me rétorquerez, qu'on est à Plouménez,
Qu'aucun endroit, ici, ne paraît très normal !
Mais celui-là, pour dire, c'est comme le milieu,
L'épicentre, le point d'où partent les racines.
De toute la forêt, c'est le point origine
Où naissent les moments les plus mystérieux.

Un amas de granit, haut de plus de cinq mètres,
Émerge de la terre, et supporte, à son faîte,
Un rocher singulier, tout rond comme la terre.
Et de ce rocher rond, du milieu de la pierre,
Naît le fût d'un vieux chêne, immense et solitaire,
Et qui, de tous les arbres paraît être le père.

Mais s'il domine ainsi la vaste clairière,
Le vieux chêne pourtant ne se refuse pas.
Du sommet jusqu'en bas va s'étalant l'amas,
Ses multiples cailloux offrant aux voûtes plantaires
Les marches du plus bel escalier dont un pied
Pourrait un jour rêver. Parce qu'ils rêvent, les pieds
De ces randonneurs qui, de très loin, ou de près,
Parviennent jusqu'au chêne, au cœur de la forêt.

Tous, sans exception, attaquent en effet

L'ascension de l'amas, jusques à son sommet,
Finissent par s'assoir sur la grosse racine,
Se reposent un peu, regardent vers le bas,
Et attendent, espérant sans doute quelque signe
Qui leur expliquerait ce qu'ils viennent faire là.

C'est à ce moment-là qu'en général Jésus,
De sa voix calme et claire soudain les interpelle.
Il est un peu plus haut, perché dans le feuillu,
Sur une grosse branche, sans doute la plus belle,
Dont les filles enlacées ont fabriqué un siège
Où il aime à attendre ceux qu'il a choisis,
Qui se sont égarés, sont tombés dans le piège,
Et qui, l'entendant rire, s'en trouvent tout marris.

Il y a loin, pourtant, de la place de l'église
Au milieu du village, où arrivent les gens,
À l'amas de rochers qui constitue l'assise
Sur laquelle se dresse le père de tous les glands.
C'est vrai, quand on y songe… Il faudrait un miracle
Pour que, de la chapelle, où ils ont pénétré,
Les pèlerins se trouvent transportés au rocher
Sans avoir fait un pas… Il faudrait un miracle…
Et alors ? Regardez un peu mieux cette vieille chapelle
Et son clocher immense, et d'autre part l'amas,
De granit, lui aussi, qui pointe son vieux chêne
Comme s'il s'agissait de son clocher de bois…

Un matin de printemps qui voyait au village
De bruine délicate les gens s'humidifier
Sur le pas de leur porte, le nez dans les nuages,
On vit venir un homme, en costume trempé.
Il avançait cahin, il avançait caha,
Ses mocassins vernis paraissant se venger
D'avoir à assurer un travail de forçats

Contraints de devenir souliers, au pied levé.

Il devait porter beau, en sèches circonstances,
Mais son nœud papillon pendait piteusement,
Et ses longs cheveux blancs pleuraient leur déchéance
Collant à son visage en tristes filaments.
Il traversa ainsi la place du village,
En n'osant s'adresser à aucun habitant,
Et s'engouffra d'un coup, sans chercher davantage,
Dans la vieille chapelle dont le porche béant
Lui promettait l'abri dont il cherchait l'usage.

Avec un mouchoir blanc il s'essuie le visage,
Puis ouvre grand les yeux, regarde autour de lui,
Se tourne et se retourne, effaré, ahuri !
Sa voiture est en panne, et il est tout trempé,
Il s'abrite un instant, le voici qui s'envole !
La petite chapelle s'est comme... évaporée...
Si c'est un cauchemar, il en est de moins drôles !

Quelle étrange clairière ! Au moins, il ne pleut pas !
Il s'approche du chêne, entame la montée,
Arrive lentement jusqu'en haut de l'amas
En soufflant comme un phoque qui aurait trop mangé.
Il applique avec soin, sur la racine mère,
De son anatomie la partie culière,
Puis repose son coude sur son genou pointu,
Et, refermant le poing, met son menton dessus.

Il se met à penser, c'est tout ce qu'il sait faire.
"Bonjour l'homme !" dit Jésus, sur son arbre perché,
Sans avoir pour ce faire besoin d'un camembert.
L'apostrophé se dresse. Il se sent agressé,
Des yeux cherche un moment quel est l'outrecuidant.
Dit-on bonjour ainsi, sans être présenté ?

Grands dieux c'est se conduire bien cavalièrement !
Et où est-il, d'abord, qu'en vocables choisis
Il lui puisse transmettre son ire et son mépris…

" Je suis ici, en haut, juste au-dessus de toi.
J'attendais ta venue en finissant ma sieste…
- Une sieste à cette heure, le mot est maladroit !
- Je méditais, disons, parlons plutôt du reste.
- Parlons du reste ? Ah non ! Débattons au contraire !
Croyez-vous donc pouvoir, en trois mots, vous soustraire
Au débat qu'innocent vous lançâtes céans ?
Ce serait trop facile ! Quand il en était temps,
Il eut fallu vous taire. Vous ne le fîtes pas !
Le sort en est jeté ! De la sieste matin
Il nous faut donc parler ! Engagez le débat !
-Parler ? Mais… Pour quoi dire ?
                         - Mais pour dire tout, et rien,
Chercher dans nos mémoires qui, parmi nos ancêtres
S'est posé la question, et ce qu'il en conclût.
S'il a été suivi, s'il est devenu maître
Ou bien si, au contraire, d'autres l'ont combattu.
Existe-t-il un mythe de la sieste précoce ?
Est-ce un bien ? Est-ce un mal ? Qu'en disent les savants ?
La chose est-elle ardue ? Recèle-t-elle un os ?
Ou bien, tout au contraire, est-ce un jeu innocent ?
Enfin quand nous aurons, de manière exhaustive,
Puisé dans notre histoire, dans toutes nos archives,
Chacun des éléments de ce problème abscons
Sans crainte pour autant de passer pour des … cons,
Il nous faudra produire un écrit pour le dire,
Pour édifier les hommes, et surtout les instruire.
Mais nous en sommes loin ! Il faut, pour commencer,
Qu'en termes rationnels le problème soit posé.
- Ce problème, justement, vaut-il qu'on s'y arrête ?
Qu'on consacre du temps à enc…hoser les mouches ?

- C'est une autre question, et il faut que je douche
Cet enthousiasme qui, et c'est loin d'être bête,
Engendre quelque part, au fond de votre tête,
Toujours plus de questions qu'il conviendra, plus tard,
D'étudier aussi, une à une, mais à part,
Car c'est sur la méthode que se fonde l'enquête.
- Si la réponse est "non", que de temps gaspillé
À n'avoir commencé par la bonne question !
- Permettez-moi, jeune homme, de vous admonester,
Tant votre suffisance peut nuire à la raison.
Vous vous trompez, je crois, à dire "gaspillage"
C'est "investissement" le vocable d'usage,
Car l'homme s'enrichit à traiter les questions
Que la vie lui propose. C'est ainsi qu'il progresse.
Éviter un sujet, en donnant pour raison
Qu'il n'en vaut pas la peine est preuve de paresse !
- Ou d'efficacité
                    - C'est un autre sujet
Que nous disséquerons à son tour lui aussi...

-Ah ! Mon Père ! Elle est lourde, la tâche d'aujourd'hui !"
S'exclame alors Jésus, qui sautant sur ses pieds
Se rapproche de l'homme un peu interloqué.
"Je ne suis votre père, qu'est-ce que vous chantez ?"
S'étonne le quidam, de plus en plus paumé.
"Je suis un professeur, et suis trop occupé
À traiter à leur tour les questions qui se posent.
Quand voudriez-vous donc que je trouve le temps
De choisir une épouse, de lui faire un enfant ?
Il est si minuscule, ce temps dont je dispose."

Jésus, pointant le doigt vers la voûte céleste,
Lui répond simplement, pour expliquer son geste :
"Mon Papa vit là-haut, c'est lui que j'implorais.
-Votre Père ! Là-haut ? Seriez-vous fils de Dieu ?"

Demande en s'esclaffant le professeur aqueux
Qui en oublie d'ailleurs combien il est mouillé.
"Tu l'as dit, mon ami.

                        -Cela ne se peut pas !
-Et pourquoi je te prie ?

                        - Car Dieu n'existe pas !"

Jésus est un peu las, ça fait deux millénaires
Que visitant la terre il rencontre ici-bas
Des philosophes ceci, ou des croyants cela,
Qui savent mieux que lui qui est vraiment son Père.
Fantasme pour les uns, créé par les puissants
Pour diriger la terre, il est pour les bigots
Plus Humain que l'humain, fait de Chair et de Sang,
Plus Père qu'un autre père, il n'y a pas photo,
Mais un Père fouettard, terrible et sanguinaire,
Que l'on sert à genoux, la déférence au front,
Craignant par-dessus tout, comme ultime misère
Qu'un péché en ce monde, vécu comme un affront
Par l'exigeant Pater, condamne à double tour
L'accès au paradis, peut-être pour toujours,
Expédiant le coupable se faire griller les miches
Chez ce vieux Lucifer qui rit sous sa barbiche...

Ce philosophe-ci est du premier collège,
Qui ne reconnaît rien plus haut que la pensée.
Avec beaucoup d'adresse il faut tendre le piège
De sorte qu'il y tombe, poussé par ses idées.
Mais déjà le bonhomme, affûté, se redresse,
Tous les sens en éveil, l'encéphale aiguisé,
Et avant que Jésus ne commence la messe,
Il tire le premier, comme font les anglais :
"Ça vous en bouche un coin, dirait-on, mon garçon
Que je puisse affirmer, sans crainte d'une erreur
Que Dieu n'existe pas, qu'il n'est que du bidon !

Je n'en tire, croyez-moi, ni gloire, ni honneur,
Ce n'est le résultat, bien simple au demeurant,
Que d'une foule d'études, d'enquêtes, de recherches.
Mes aînés ont planché, bien des siècles durant,
Pour me tendre aujourd'hui suffisamment de perches.
Ils ont tourné autour, se sont penché dessus,
Pour enfin parvenir, après mûr examen,
À cette certitude que bien bas je salue :
Rien au monde n'est supérieur à l'être humain.
L'existence de Dieu n'est qu'un mythe créé
Afin de contrôler la foule des humains
Qui serait trop puissante sans garde-fou divin,
Sans un Être Suprême à craindre et vénérer.
En débattre plus loin serait vrai gaspillage,
Car la question n'est plus. Brisons-là ce propos !
- Ok, brisons ici, ça me paraît plus sage,
N'allons pas nous noyer dans le fond d'un verre d'eau",
Admet alors Jésus, d'un ton un peu cassant.

"Mais puisque j'ai affaire, aujourd'hui, je le sens
À un maître à penser, j'aimerais qu'il réponde,
À une simple question, avec cette faconde
Qui le vit à l'instant, en mots définitifs
Régler un vrai problème, essentiel, primitif !
- Une simple question ? C'est d'accord, cependant,
Quand j'aurai démontré, une fois supplémentaire,
Que l'esprit ici-bas est plus que tout puissant,
Vous me reconduirez hors de cette clairière,
Car je me suis perdu. C'est d'ailleurs bien étrange…
Je ne me souviens pas être arrivé ici.
J'entrai dans une église, à l'abri de la pluie…
Je me rappelle ensuite le sourire d'un ange…
- Je ne vois rien d'étrange, tu es ici au sec,
C'est ce que tu voulais en entrant dans l'église,
Quand tu dégoulinais jusque dans ta chemise.

To vœu est exaucé, il te faut faire avec.

- Autre chose, cependant, après quoi je vous laisse
Poser votre question. Voilà, je le confesse,
Si vous me pardonnez d'user de l'expression,
Le tutoiement m'agresse, sans doute sans raison.
Ne sauriez-vous pas...
                         - Non, je ne saurais pas.
Quand bien même je voudrais, je ne le pourrais pas.
Mon Père m'ayant appris que tous les hommes sont frères,
Ce serait un rien snob, pour moi, de voussoyer.
- S'il s'agit de culture, aussitôt j'obtempère.
Je supporterai donc votre fraternité.
Posez votre question, j'écoute maintenant."

Assis sur la racine, Jésus, pensivement,
À côté de son hôte se gratouille la tête.
Ce drôle de paroissien, pour tout vous dire, l'embête.
Soudain, plantant ses yeux bien droits dans le regard
Du professeur rassis qui pense tout savoir,
Il sourit et demande : "Ami, es-tu heureux ?"
Puis guette la réponse d'un air malicieux.
L'autre, d'abord surpris par l'attaque directe
Et l'absence totale de circonlocutions
Sursaute en s'étouffant, tousse, éructe, hoquète,
Rougit, blêmit, verdit, change de carnation !
"Voilà, mon jeune ami, question bien personnelle ! "
Se plaint-il, contrarié du piège qu'on lui tend,
Et qui le laisse coi comme une damoiselle
Sensible tout à coup à l'appel du printemps.
"Cela signifie-t-il qu'elle est sans importance ?
Et qu'il est inutile que d'elle l'on débatte ? "
S'inquiète alors Jésus, d'un ton plein d'innocence.
"Je n'ai pas dit cela, il faut que je m'adapte...
- Mais je vois bien pourtant que la chose te gêne,

Et bien que, de ce fait, la curiosité
Ma chatouille et me pique le fond du cervelet,
Oublions la question, ne te mets pas en peine...

- Oublier la question ! Mais ne voilà-t-il pas
Qu'il remet le couvert ?" S'insurge le penseur.
"La mort plus que la fuite ! Je ne cèderai pas !
Cette question mérite l'aumône d'un quart d'heure.
Le problème est nouveau, il me faut réfléchir,
Voici bien un sujet que je ne connais pas.
Suis-je heureux ? Est-ce bête ? Je ne sais pas que dire...
Reprenons au début, avançons pas à pas...
Le bonheur, je vois bien. J'en ai déjà parlé.
Sur le plan théorique, je cerne le sujet.
Mais s'il faut l'appliquer, en plus, à ma personne,
Je suis un peu perdu, et même j'en frissonne...
Il me faut réagir, recommençons encore.
Définissons d'abord ce que bonheur veut dire... "

Le bonhomme se lève et se met à marcher
Tout autour du vieux chêne, tout en haut de l'amas.
À chaque tour, ou presque, son pied si mal chaussé
Pour ce genre d'exercice passe près du faux pas.
Et plus il tourne en rond autour du roi des fûts
Et plus il tourne en rond autour de la question,
Alignant sans construire des propos incongrus
Et une litanie d'ineptes citations.
Jésus, pour lui laisser terrain à sa mesure
Sur sa branche s'est juché. C'est de là que, taquin,
Il remet une couche avec son air mutin :
"Au lieu d'analyser, et de risquer l'usure,
Écoute donc ton cœur, essaie de ressentir...
C'est une autre façon d'utiliser sa tête.
Pensées et sentiments, chez l'homme, se complètent
À cette partie de toi il te faudrait ouvrir... "

Le philosophe à bout s'arrache la crinière,
Tient sa tête à deux mains, continue de marcher.
Mais peu à peu les traits de sa figure altière
Se déforment et s'altèrent. Il parait comme usé.
Il se ronge les ongles, il se frotte le front,
Martèle de son poing sa paume grande ouverte
Puis se laboure les joues, se racle le menton.
San pas se fait plus lourd, de moins en moins alerte...
Il finit par se mettre un pouce dans la bouche,
L'index dans le nez, en chantant "nananère".
Enfin il se rassied sur une grosse fourche
Et se met à verser des larmes bien amères
Qui jouent un long moment au fil des traits creusés
Puis s'écrasent plus bas, sur le pauvre blazer
Qui espérait pourtant parvenir à sécher,
Mais se trouve changé encore en serpillière.

"Je ne suis pas heureux, la chose est entendue.
Cela vous convient-il ? " demande-t-il au Fils.
Jésus, dans un sourire, contemple son vaincu,
Puis répond sobrement, sans once de malice :
"Tu me poses, l'ami, une étrange question.
Je n'ai pas ton talent, aussi je te dis "pouce".
Arrêtons maintenant ce jeu un peu abscons,
Et cherchons comment faire pour que ta vie soit douce.
- J'ai déjà cinquante ans ! Cinquante années perdues !
Avec aveuglement, je poursuivais sans cesse
L'exact raisonnement, l'idée la plus pointue.
Quel coup de pied au cul ! C'est bien fait pour mes fesses.
Car je vivais juché sur un château de cartes
Comme un coq de salon sur un perchoir doré.
Le château est tombé, je suis à quatre pattes.
Il ne te reste plus, jeune homme, qu'à m'achever.
Abrège mes souffrances, je t'en prie, ô mon frère,
Ou, si tu ne peux pas, accepte pour le moins

Que je vive en ermite dans cette clairière,
Le reste de ma vie, à ruminer du foin.

- Eh que nenni, frangin, mon Père te fait dire
Qu'il te reste ici-bas du bonheur à donner.
Tu n'as que cinquante ans, ça pourrait être pire.
Tu vivras centenaire, tu peux te marier.
Souviens-toi d'Abraham, sois aussi prolifique,
Et surtout n'oublie pas ce qui vient d'arriver.
La vie, sur cette terre, peut être magnifique
Mais seul un cœur ouvert saura en profiter.
- Sois remercié, mon frère, et remercie ton Père,
Qui est aussi le mien si j'ai bien tout compris.
Il faudra que j'apprenne à dire des prières…
- Sois simple, chez moi aussi, merci se dit "merci".
- Je ne l'oublierai pas
                    - Je sais, maintenant va,
Et tire bien la porte, en quittant la chapelle."

Mais tandis qu'ils s'embrassent, se serrent dans les bras,
Voici qu'un personnage les rejoint et les hèle.
"Mais c'est l'ami Jean-Pierre ! "dit Jésus, amusé,
De voir son compagnon le visage et les mains
De cambouis tout couverts et les habits tâchés.
Il semble un peu fâché, jure comme un païen.
"Nom d'un ange déchu, il faudra bien, Seigneur,
Qu'enfin tu le comprennes ! À chacun son métier.
Le mien en vaut un autre, je ne suis que pêcheur.
Les autos d'aujourd'hui sont bien trop compliquées
Pour un pauvre amateur qui s'instruit sur le tas.
J'ai eu tout plein d'ennuis, à faire celle-là !
Elle est devant la porte. Pour plus de sûreté
Il vaudra mieux, demain, la conduire au garage.
Ah, je t'en prie, Jésus, au prochain invité,
Trouve un professionnel, ou envoie-moi en stage !"

Chapitre troisième

Où l'on drague Jésus au bord de la rivière

Ils étaient tous les deux, Jean-Pierre et puis Jésus
À pêcher côte à côte, à l'ombre d'un vieux saule.
Des faces du disciple, c'est Pierre, bien entendu,
Qui, hélas pour Jésus, manipulait la gaule.
Tendu, sur le qui-vive, le sourcil frémissant,
Il marmonnait pour lui des prières au ciel
Mais quand, d'un coup de queue, une jeune truitelle
Faisait frémir sa ligne, puis filait en riant,
Il pestait et jurait, maudissant tour à tour,
Le poisson, le ruisseau, et la lumière du jour.

Jésus, toujours patient, supportait le bonhomme,
D'autant qu'avec malice, et l'aide du Très-Haut,
Il sortait de belles pièces qu'il remettait à l'eau,
Au motif que la prise, pour lui, n'était pas bonne.
Jean-Pierre, chaque fois, virait au cramoisi,
Tant il faisait d'efforts pour ne pas envoyer
Et la gaule, et le Christ, d'un bon gros coup de pied
Rejoindre les poissons, puisqu'ils sont ses amis !

Mais avant que ses nerfs ne lâchent pour de bon,
Il y eut un grand plouf, quelques mètres plus loin,
Puis une litanie, qui n'était pas des saints.
Jean-Pierre, pourtant pêcheur, rougit jusqu'au trognon
En entendant les mots qu'on vagissait là-bas.
"Écoute ça Seigneur ! Plutôt n'écoute pas !

C'est une grande honte de troubler ton repos
Par cette profusion d'injures et de gros mots...
- C'est une jolie voix.
                         - Que me chantes-tu là ?
- Écoute mieux, Jean-Pierre, et oublie le propos.
Si le plumage du merle qui barbotte là-bas
Du ramage qu'on entend n'est que le juste écho,
Le ru accouchera bientôt d'une sirène...

- Tu veux dire une femme? C'est encore plus affreux !
Car le vocabulaire qui me fait tant de peine
N'a pas pour moi l'attrait du chœur mélodieux
Qui entraîna Ulysse et le fit succomber.
Des écailles de poisson, si la mégère en a,
Ce sera sur les mains, et sur les avant-bras
Que je devine épais et puissamment musclés !
Car la voix que j'entends, si elle est d'une femme,
C'est qu'elle vend du poisson, en Méditerranée,
Qu'elle pratique la chose depuis nombre d'années,
Et qu'elle pèse un quintal, plus ou moins quelques grammes !

- Pourrais-tu te calmer, et puis, surtout, te taire ?
Depuis qu'il y a longtemps, ici tu m'as rejoint
Tu régresses Jean-Pierre, tu roules en marche arrière.
Je crois que tu lis trop certains écrits chagrins
Qu'on livra, en mon nom, à des foules crédules !
Nous avons entamé le troisième millénaire,
Si je vais de l'avant pendant que tu recules
On peut marcher longtemps sans jamais faire la paire !
J'ai beau être immortel depuis ce jour béni
Où, pour embêter l'homme " On " me ressuscita,
Le monde autour de moi évolue. C'est ainsi.
Il n'est, pour en douter, que des balourds comme toi.
Les femmes sont nos égales, et depuis des années,
Du moins dans ce pays, et au plan théorique.

Certaines sans doute manquent-elles de pratique,
Mais elles ont des excuses, elles sont peu entraînées.
Comme le dit le proverbe, Rome ville éternelle,
Ne fut pas érigée en un tour de cadran !
Donnons à nos chères sœurs encore un peu de temps
Elles deviendront plus fortes tout en restant si belles...

Un bruit, dans le taillis, juste sur leur côté,
Clos le bec à Jean-Pierre qui néanmoins bougonne.
Une femme paraît, furibonde et trempée.
Elle s'arrête en voyant la paire de bonshommes :
-" Dites donc, vous deux, là, les glandeurs de la gaule,
Ça vous f'rais mal aux fesse d'vous bouger l'bas du dos
Pour me dire où nous sommes, quel tour de music-hall
M'a vue en un clin d'œil balancée au ruisseau ?
J'entre dans une église, dans un bled inconnu,
À la recherche – qui sait – d'une ou deux belles statues,
D'un jubé, d'un calvaire, d'une pièce, d'un monument...
Je contourne un pilier, comme il fait plutôt sombre
Je ne vois pas l'obstacle, me prends les pieds dedans,
Bascule dans un truc, invisible dans l'ombre,
Je mets la main dessus, pour ne pas culbuter,
C'est plein d'eau, ça m'attire, je perds pied et je tombe...
Dans ce petit ruisseau d'où je viens d'émerger...

- Je parie" dit avec détachement Jean-Pierre,
À jésus qui sourit à la jeune amazone,
"que le truc en question, c'était le baptistère...
- Je n'en sais rien du tout, mais ici c'est la zone !
J'ai l'air de quoi, ainsi, trempée comme un potage !
Mes groles sont foutues ainsi que mon corsage,
Ma jupe est déchirée, mon collant a filé...
- Un collant ! Quel dommage ! L'histoire en est gâchée"
Soupirent à l'unisson les hommes dépités...
Puis Jean-Pierre continue, plus expérimenté :

" Sur de telles guibolles, c'est un vrai sabordage
Un crime de lèse-galbe qu'on ne peut pardonner…"
Mais avant qu'il ait pu en dire davantage
Il prend dans la figure un sac à main jeté
Par la fille furieuse, qui aussitôt reprend
Sa litanie teigneuse, suspendue un instant :
"Vous n'êtes que des machos, pauvres testiculés !
Vos boules ne pèsent pas la moitié d'un ovaire !
Quand on vous voit ainsi, le cul collé par terre,
À tenir votre gaule, à la manipuler,
On se demande comment, pendant autant d'années,
Nous fûmes stupides au point de vous servir de mères,
De femmes et de sœurs, de repos du guerrier…
Le fier guerrier, hélas, n'est plus que fonctionnaire…

- Seigneur, n'écoutez pas ! " bredouille le grand gars,
Qui en lâche sa canne et se met à genoux,
Passe devant Jésus, en écartant les bras,
Fait rempart de son corps, en se signant beaucoup…
" Seigneur ! Pourquoi seigneur ? " demande la mégère
" Le joli brun barbu est-il particulé
Pour que l'autre escogriffe lui lèche ainsi les pieds
Tout en se tortillant comme un répugnant ver ? "
Jésus sent qu'il lui faut prendre part au débat.
" Merci mon bon Jean-Pierre, mais tu peux nous laisser."
L'autre regimbe et grogne, mais finit par céder.
Il récupère, rageur, les cannes et les appâts,
Saisit le panier vide, et s'en retourne, fier,
Sans jeter un regard à la femme mouillée.

Elle, sans vraie pudeur, naturelle et entière,
Constatant qu'il fait beau, entreprend d'enlever
Sa veste de tailleur, puis son léger bustier,
Ses chaussures et sa jupe, qu'elle étend tour à tour,
Avec soin, bien à plat, pour les faire sécher,

En profitant ainsi de la chaleur du jour.
Puis de même elle se débarrasse de son collant,
Le glisse dans son sac qu'elle a récupéré,
Et seulement vêtue d'un slip de coton blanc,
Elle s'allonge sur l'herbe pour se faire bronzer.

Jésus n'a pas bougé, n'a pas dit un seul mot.
Il est un peu plus rouge qu'au départ de Jean-Pierre
Et sa pomme d'Adam, qui singe le yo-yo
Prouve que s'il est Dieu, il n'est pas fait de pierre.
Allongés sur le dos, les bras derrière la tête,
Les yeux clos à demi, et le sourire aux lèvres,
La jeune femme attend que la marionnette
Assise à côté d'elle se consume de fièvre.

C'est qu'elle connaît les hommes, elle vit au milieu d'eux.
Elle joue avec les cœurs, elle joue avec les corps,
Et quand elle en est lasse, elle les laisse pour morts,
Avec le sentiment, plaisant mais odieux
De venger pour partie ses millions de consœurs
Qui, au travers des siècles, ont été consommées
Par la gent masculine toujours pleine d'ardeur
Pour courtiser les femmes et puis les balancer.

Elle ne sait pas pourquoi elle est là aujourd'hui.
Elle ne sait pas comment, elle n'a pas réfléchi.
Elle veut juste " se faire ", pardonnez l'expression
Le jeune homme aux yeux noirs, qu'elle trouve plutôt mignon,
Et dont le sacrifice, au demeurant léger,
Lui calmerait les nerfs, sauverait sa journée.

L'autre ne bougeant pas, elle se redresse un peu,
Ouvre tout grand les yeux, en face le regarde.
Il lui rend son regard, mais sans baisser la garde.
Il paraît détendu, mais reste sérieux.

Peut-être est-il timide ? Ça l'attendrit un peu.
Elle se tourne, lascive, sur la hanche et le coude,
Décidée, s'il le faut, à tirer par la queue
Le diablotin lubrique qui aujourd'hui la boude.

Il reste silencieux. Impatiente, elle se lance :
" Comment t'appelles-tu ?
                              - C'est Jésus mon prénom.
- Jésus ? Ouais, c'est pas mal, c'est portugais, je pense.
On fait, dans ce pays, des mâles dignes de ce nom !
- Du Portugal, dis-tu ? Non tu fais fausse route.
Je suis de ce village, et d'autres lieux, sans doute,
Mais il serait trop long de les énumérer...
- Ah ! Bon. Mais dis-moi tout... Franchement... Je te plais ?
À te voir assis là, tranquille, presque inerte,
Tandis que je suis nue, juste à côté de toi,
Je m'interroge, tu vois... À vrai dire, je m'inquiète...
- J'en suis bien ennuyé. Tu t'inquiètes de quoi ?
- De ton indifférence ! C'est peu dire qu'elle m'ennuie !
Ne suis-je pas jolie ? La vue de mon corps nu
Ne provoque-t-elle pas ce qu'en termes choisis
J'appellerais " émoi " pour n'être pas trop crue,
En ce lieu de ton corps que les filles n'ont pas ?
- Dans ton style ampoulé, ce que tu me demandes,
C'est si te voir à poil ça m'excite ? Si je bande ?
- Dieu du ciel, grands mercis ! C'est exactement ça !
Ce joli garçon-là me parait peu farouche !
- Je dois répondre non.
                              - Quoi ? Que dis-tu ? Qu'ai-je ouï ?
Est-ce le vocable " non " qui jaillit de ta bouche ?
Je ne te fais donc pas cet effet inouï
Que je fais à tout homme pour peu qu'il puisse encore
Et qu'il aime les femmes... Ou, tout au moins, leurs corps.
Laisse-moi réfléchir... Préfères-tu les hommes ?
Note bien que je n'ai, contre les invertis,

34

Aucun ressentiment. Tout juste un peu d'envie…
Jalousie de copines, de concurrente, en somme…
-Non, non, je n'en suis pas.
                    - Mais alors, mais alors…
Il ne reste que moi ! Je ne te conviens pas !
Mes seins sont trop petits ? Ou bien sont-ils trop bas ?
Ou bien sont-ce mes jambes ? Quelle partie de mon corps
Provoque de rejet et cette indifférence ?
Tu me trouves trop vieille ! J'en suis sûre maintenant,
Je lis sur ton visage que tu me trouves rance !
Je fais ce que je peux pour le cacher pourtant !
Je sais bien sûr que je ne suis pas née d'hier…
Mon maquillage n'a pas résisté au ruisseau.
Tu as noté ces rides, au coin de mes paupières,
Tu t'es dit aussitôt mon Dieu quelle vieille peau ! "

La femme baisse le ton, elle n'est plus agressive.
Elle est désabusée, car de ses ennemis,
De tous ces adversaires qu'elle combat jour et nuit,
Le temps seul la rattrape, avec lui elle dérive…
Elle soupire longtemps, regarde l'eau qui coule,
Qui s'enfuit vers la mer, inexorablement,
Comme sur ses paupières se déroule le temps,
Sans jamais s'arrêter, ce qui la met en boule.
C'est alors que Jésus, qui la pense enfin prête,
Lui pose la question : " Amie, es-tu heureuse ? "
Elle laisse un peu de temps à ses pensées secrètes
Puis soupire et répond : " j'ai tout pour être heureuse.
Je ne suis pas âgée, je suis belle et je plais.
Je suis femme d'affaires, comme je le désirais.
Je suis indépendante, nul homme ne me domine,
Ni dans mon entreprise, ni même à la maison.
J'ai tout ce que je veux. Je suis loin de la ruine…

- Amie es-tu heureuse ?

            - Encore cette question !

Mais je viens d'y répondre, ne m'écoutes-tu pas ?

Tu penses que je triche. Tu voudrais que je sois

Plus claire dans mes choix. Écoute encore ceci :

Je ne suis pas à plaindre, car tout me réussit.

J'ai un métier génial quand d'autres n'en ont pas.

J'ai de l'argent aussi, à ne savoir qu'en faire,

Et puis j'ai deux maisons, que mes gens tiennent pour moi,

Et je suis respectée, redoutée en affaires…

Je mets dedans mon lit les hommes qui m'intéressent,

Et puis quand ils me lassent, après deux ou trois nuits,

Avec un bibelot, pour conserver l'ami,

Je les renvoie chez eux, sans douceur ni rudesse.

Personne ne me menace, personne ne me nuit,

Que voudrais-je de plus ? Aide-moi donc, jeune homme,

Je manque un peu d'idées pour abonder la somme

Des platitudes que j'étale pour toi ici…

- Amie, es-tu heureuse ?

            - Mais c'est une idée fixe !

Faut te faire soigner ! Fumer un joint ou deux…

Si c'est pas suffisant, faut t'envoyer un fix

Et me lâcher la grappe, tu deviens odieux !

J'ai répondu, déjà, deux fois à ta question.

Tu vas finir, garçon, par vraiment m'ennuyer,

Et me faire regretter de t'avoir rencontré,

Alors que, nom de nom, tu parais pas si con ! "

Elle se lève, énervée, ramasse ses affaires,

Enfile tant bien que mal la jupe déchirée

La veste, les chaussures, et le petit bustier,

Qui sont encore humides, ce qui la fait bien braire.

Ses gestes violents, ses mots toujours plus durs,

Son visage qui se ferme annoncent un orage.

Il éclate. Elle aussi. À cause d'une chaussure
Dont le talon cassé provoque le dérapage.
Jésus, toujours patient, Jésus presque retors
Mais Jésus malicieux lui redemande encore :

" Amie, es-tu heureuse ?
                              - Tu m'emmerdes, à la fin !
Ça ne se voit donc pas ? Je crève de bonheur !
Quand vas-tu me lâcher ? Me dire le chemin,
Que je puisse rentrer et retrouver sur l'heure
Ma maison où, jamais, personne ne m'attend... "

Elle éclate en sanglots, et retombe par terre,
Sur ce joli derrière, cet élégant séant
Qu'elle a cru dédaigné parce que quadragénaire.
Jésus s'approche d'elle, la serre sur son épaule,
Et murmure pour lui-même, ce mot seul, un peu drôle :
" Enfin " en souriant, les yeux pleins de tendresse.
Ils restent ainsi longtemps, tous les deux immobiles.
Par quelques gros soupirs s'exhale encore le stress
De la femme si forte et pourtant si fragile.

La nuit vient doucement. Avec elle s'éveille
Une nouvelle vie d'yeux fluorescents
Et mille petits bruits, qui content des merveilles
Aux oreilles attentives des gens intelligents.
Alors, très lentement, pour bien se faire entendre
Il se met à parler, en choisissant ses mots :
" Tu n'as, sache le bien, aucun compte à me rendre,
Je ne suis ni ton juge, ni surtout ton bourreau.
Pour des raisons qui sont bien trop longues à décrire,
J'ai lentement mûri pendant deux mille années
Tout ce que maintenant je m'apprête à te dire
Et qui pourra peut-être t'aider à progresser.

Dis-toi d'abord, ma sœur, que le bonheur n'est pas
Une chose tangible que tu peux acquérir.
Il est là, près de toi. Tu persistes à le fuir
Car ton cœur replié ne le reconnaît pas.
Tu voudrais vivre en mâle, mais femelle tu es.
Naître femme n'est pas une fatalité,
Ce n'est qu'un demi-mal, comme celui de naître homme,
Car l'homme comme la femme sont chacun incomplet.
Il leur faut se rejoindre, ensemble reformer
Le cercle original, pour consommer la pomme.

" C'est ça", dit-elle alors, amère mais sans violence,
" Tu vas me bassiner, comme le faisait mon vieux,
Avec ses gros clichés et ses pénibles stances
Complètement réac de femme au coin du feu,
Tout à la fois bonniche et gardienne de gosses,
Au service du mâle qui, héros flamboyant,
Part seul à l'aventure et rapporte l'argent
En n'oubliant jamais de dire que lui, il bosse !

- Je ne suis pas ton père, je me garderai donc
De redire à sa place autant de conneries.
Je suis de ceux qui pensent, que tu le croies ou non,
La femme égale à l'homme... Sauf qu'elle est plus jolie...
Il y a bien des années, je le disais déjà
Dans un autre pays, et ça ne plaisait pas.
Mais les choses évoluent, plutôt en bien, je crois ;
Et cette progression se poursuivra longtemps,
Jusqu'à l'égalité. Attention toutefois
Comme d'autres tu te trompes en confondant souvent
La vie, dans l'absolu, et la course au pouvoir.
Faudrait quand même pas en oublier l'histoire !

Les femmes au foyer n'étaient pas des esclaves...
Dans des temps plus anciens, et dans bien des peuplades,

La femme à la maison dirigeait le foyer
Décidaient des dépenses, et gérait le budget.
Que certaines préfèrent exercer un métier,
C'est normal, je l'admets, c'est même légitime,
Mais il faut prendre garde à ne pas déraper
En amputant les autres de la moindre estime.

- Que veux-tu dire ici ? Ne tenterais-tu pas,
Sous couvert de prudence, de limiter nos droits ?
- Sûrement pas sœurette, c'est pas mon caractère.
J'aimerais seulement que le vocabulaire
Soit à meilleur escient utilisé sur terre.
À chaque idée son nom, et tout sera plus clair.
On a en ce moment, c'est un effet de mode
Tendance à dire " semblable " en lieu et place " d'égal "
Voilà qui peut paraître à certains plus commode.
Il n'en reste pas moins que ce n'est pas normal !

Si mâles et femelles naissent égaux en droits,
Jamais, au grand jamais, ils ne naissent semblables.
-J'entends ce que tu dis, et n'ai jamais, je crois,
Prétendu le contraire, ni au lit, ni à table !
- Je dis que si, vois-tu. Car un petit enfant
A besoin de sa mère, un homme de sa femme,
La femme de son époux. Plus tard l'adolescent
Doit se heurter au père pour fabriquer son âme
Puis il devra apprendre à quitter sa maman.
Et je ne parle pas du cas des jeunes filles
Que je connais moins bien, malgré mes deux mille ans,
Mais qui paraît complexe, et dont je me méfie.

Au lieu de l'harmonie qui trouvait ses racines
Dans une nécessaire complémentarité,
Les sexes aujourd'hui s'opposent et se débinent,
Résultat prévisible de l'uniformité.

Tout cela crée, vois-tu, un climat détestable
L'esprit n'est que critique, l'égoïsme prévaut
Mais le bonheur ne peut devenir véritable
Que s'il est partagé. C'est ainsi qu'il est beau !
Son verbe ce n'est pas " recevoir ", c'est " donner ".

Tu prends tout ce qui passe, plus vite que les autres,
Et tu crois, innocente ! Que c'est une qualité...
Pour un aigle peut-être, mais pas pour une apôtre !
Elle est, pour le bonheur, de peu d'utilité.
Etre seule, à vingt ans, s'appelle liberté,
A quarante, méfie-toi, ça devient solitude...
Voilà ce qui, chez toi, provoque l'inquiétude...

Le bonheur... Ton bonheur, passe par les oreilles.
Sois attentive aux autres, apprends à écouter,
Ouvre tes mains, ton cœur, et apprends à donner...
- De l'argent, tu veux dire ? Ou des choses pareilles ?
- De l'argent, oui, sans doute, il est de nombreux cas
Où ça pourra t'aider, mais bien plus que cela,
C'est toi qu'il faut donner
                         - Je crois que j'ai compris
- Ça ne fait aucun doute.
                         - Et je t'en remercie.
Il me faut maintenant retourner d'où je viens,
Repartir à zéro, refaire le chemin...

- A propos de chemin... " Jésus, embarrassé
Face à elle se tait, elle le sent ennuyé.
Elle va pour le brusquer, exiger qu'il s'explique,
Mais elle se reprend, et gentiment, demande
Si elle peut l'aider : qu'il dise sa supplique
Sans faire de tralala, simplement qu'il commande...
-" C'est rapport au système, et à ton arrivée, "
Dit Jésus qui regarde le bout de ses pieds.

-" Je ne te comprends pas ! Tu parles de mystère...
- C'en est un, tout à fait ! Il faut que tu m'excuses
Mais je n'y suis pour rien ! L'idée vient de mon père
Je te jure, moi aussi, je trouve qu'il abuse ! "

Il la pousse d'un coup. Elle culbute en hurlant
Et disparaît dans l'onde, pour être tout aussitôt
Remplacée par Jean-Pierre qui paraît en pestant.
Jésus lui dit alors, en haussant les épaules :
- " Je n'y peux rien, mon vieux, tu connais le système,
Par l'eau elle est venue, même si ce n'est pas drôle
Par l'eau elle doit aller, c'est la logique même.
-Je voulais simplement l'aider un petit peu,
En lui donnant la main, pour qu'elle puisse s'extraire
De l'auge de granit qui sert de baptistère,
Et elle m'a balancé dans l'élément aqueux !

- Il faudra quelques heures, encore, pour qu'elle apprenne
À tendre les deux mains sans arrière-pensée.
Mais elle est bonne élève, je ne suis pas inquiet.
Une fleur sortira de cette triste graine...
- Il n'empêche, aujourd'hui, et pour l'éternité,
Quand il faut se mouiller, c'est Jean-Pierre qui s'y colle !
Je finirai, un jour, grenouille de bénitier...
- Je t'enverrai des mouches, j'en donne ma parole...

Chapitre Quatrième

Qui est une recette au pur beur de Bretagne

Jésus, ce matin-là, Jean-Pierre à ses côtés
Le panier sous le bras, tranquille, fait son marché.
Vous l'ignorez, sans doute, mais marché il y a,
Car Plouménez est un village bien honnête.
Les journées ordinaires, on ne le trouve pas,
Mais le lundi matin, comme pour faire la fête,
Les marchands d'alentours s'assemblent sur la place.
Ils savent comment venir, le lundi seulement,
Et, dès midi sonné, par un enchantement
Oublient l'itinéraire... Par quel chemin on passe
Pour trouver le village perdu dans la montagne...
Jusqu'au lundi suivant, qui verra la campagne
Débarquer de nouveau, déplier les tréteaux,
Et vanter en gueulant patates et tête de veau.

C'est un petit marché. Il rassemble au complet
Vingt ou trente marchands regroupés en carré.
On y trouve de tout, comme de bien entendu.
Des choses nécessaires, très peu de superflu,
Mais puisqu'à Plouménez n'existe aucune échoppe
-À l'exception d'un bar, vous l'auriez deviné,
Car même à Plouménez on taquine la chope-
Le ravitaillement du village tout entier
Dépend de ce marché, qui à lui seul assure
Le boire et le manger, l'habit et la chaussure.

Comme par un fait exprès, chaque lundi matin,
Les nuages s'absentent, et il ne pleut jamais
Afin que les fragrances, les bouquets, les parfums
S'exhalent et se mélangent, pour le plaisir des nez.
Le boulanger détaille son pain en grosses tranches.
On en prend juste assez pour faire la semaine
Sans perdre ni manquer. De même, sur une planche,
Le crémier coupe au fil la gironde bedaine
D'une motte de beurre dont le jaune salé
Mieux que le bouton d'or fait de l'ombre au genêt.

Et chacun va et vient, d'un étal au suivant,
En bavardant beaucoup, une fois n'est coutume.
Les légumes sont beaux, mais restent bienséants,
Ce n'est pas au chimiste qu'ils doivent leur fortune.
On mange biologique, mais comme monsieur Jourdain
Qui déclamait sans prose sans en connaître rien,
Et qui s'en porta bien, jusqu'à ce qu'il l'apprenne.
Aux deux bouts du marché, au bord de la garenne,
Deux étals sont dressés par les gens du village.
On y trouve exhibés des produits oubliés
Des gens de l'extérieur, à l'exception des sages :
Des feuilles et des herbes, pour garder la santé,
Et puis d'autres mixtures, aux recettes secrêtes,
Dont se servent les fées, les elfes et les sorcières,
Qui, juste ce jour-là, sortent de leur repaire
Et viennent profiter de l'atmosphère de fête,
Se mêler aux humains, de leur joie se repaître…
Rien ne trouble, jamais, ce commerce champêtre…

Jamais on ne devrait dire " jamais " je le sais,
Puisqu'il suffit d'un rien pour faire du néant,
De l'immense absolu, de son gouffre béant,
Un pas grand-chose quelconque, sans aucun intérêt…
Or un lundi matin qui avait commencé

Comme un lundi matin, on entendit bientôt
S'élever de la foule les accents courroucés
D'une voix féminine, molto fortissimo.
La chose étant fort rare, dans le calme village,
Elle fit tourner les têtes, se retourner les gens
Qui avaient reconnu l'auteur du dérapage
Et trouvaient l'incident d'autant plus surprenant !
Car Marie-Madeleine, accorte jeune femme
Était bien mieux connue des pratiques locaux
Pour savoir susurrer de tendres petits mots
Que pour brailler ainsi des vocables infâmes.

On se rassemble donc. Chacun fait diligence
Pour écouter bramer au centre de la rue
Celle qui a grande gueule et petite vertu
Qui qui, en cet instant, trépigne d'abondance.
Elle mugit " au voleur " ! Que la chose est étrange.
Ici, à Plouménez, cela ne se peut pas.
On connaît tout le monde, jusqu'au marchand d'oranges
Qui pourtant au village ne vient que peu de fois.
Que lui a-t-on volé ? " Peut-être un pucelage ? "
Ose un quidam rieur, ravi de son effet,
Mais juste un court instant. La femme d'un soufflet
Retourne contre lui sa trop publique rage.

S'étant ainsi calmée, elle conte son malheur,
Explique aux alentours ce qui est arrivé.
Elle exhibe son sac, son cabas de marché,
Dont le fond est ouvert sur toute la longueur,
Et baille, langoureux, proprement découpé
D'une passe de rasoir, ou d'un coup de cutter.
Le sac ainsi traité, malgré son bon vouloir
Eut été bien en peine de garder en son sein
Les victuailles acquises. Il les a laissé choir
Sur les pieds de la belle qui en fait tout ce foin.

De ses explications, d'abord un peu confuses,
Il ressort néanmoins qu'au tas ainsi tombé
Il manque un élément pour compléter le puzzle...
Ce qui a disparu ? C'est le porte-monnaie !

Jésus, tranquillement, sans bousculer personne,
A traversé la foule et seul s'est présenté
À Marie-Madeleine encore toute affolée
De l'acte invraisemblable qui tous, ici, étonne.
Elle le prend à témoin, il hoche un peu la tête,
Écarte les deux mains en signe d'impuissance...
C'est alors que, soudain, transperçant le silence
Qui autour d'eux s'est fait, quelqu'un crie à tue-tête :
" C'est lui, là-bas, voyez !
                                    - En douce, de la place,
Il cherche à se tirer ! " reprend la populace,
Qui se trouve, bonne masse, déjà prête à lyncher.
Et elle se met en branle, encercle le suspect,
Qui se trouve acculé à l'huis de la chapelle.
C'est encore un enfant, il a douze ou treize ans,
Fait face crânement à ceux qui l'interpellent,
Mais n'a pas grande chance, car bien évidemment,
La porte dans son dos semble bien verrouillée...

À quelques pas de lui, la foule menaçante
Hésite un court instant, et marque un temps d'arrêt...
Jésus lève la main, la porte compatissante
S'entrouvre. Le garçon se glisse comme un chat
Dans l'entrebâillement. Jean-Pierre lève le bras,
Et de la voix de Jean, annonce, haut et clair
Que l'enfant s'est placé dans la main du Seigneur.
La foule gronde un peu, exprime sa colère
Car elle se sent frustrée, elle voulait son voleur !
La protection de Dieu lui vole sa vengeance !
Mais elle connaît Jésus jaloux de son logis.

Elle s'arrête, recule, tandis que lui s'avance,
Pénètre dans la place, et en referme l'huis.

Au milieu du couloir qui sépare les bancs,
L'enfant, prêt à bondir, fait face au poursuivant.
La clarté colorée qui tombe du vitrail
Révèle un garçon brun, et de peau et de poil
Qu'il a coupé très court, mais qui reste bouclé.
Comme Jésus s'avance, il se met à hurler :
" On est dans une église, t'as pas l'droit d'me toucher !
- Dans une église, tiens donc ! En voilà une idée ",
Lui répond le jeune homme en s'accotant au tronc
Du chêne sur le rocher. De surprise le gamin
En tombe assis par terre...
                                        - Non de Dieu ! Quel boxon !
C'est quoi tout' cette arnaque ? Je n'y comprends plus rien... "

Mais l'enfant, sans savoir, a irrité les cieux.
Le tonnerre lui répond, d'un coup bref, furieux.
" Prends garde, mon petit, aux mots que tu prononces,
Mon père n'apprécie pas le manque de respect.
Voilà pour expliquer cet éclair de semonce...
Je suis certain que tu sauras te régenter...
- Oh, lui, comment qu'y cause ! Oh, l'autr', y s'prend pour qui ?
Des yecous t'as la dose pour me dire " petit " !
Mon paternel himself, si je le connaissais,
Prendrait une mandale si jamais il osait !
- Tu ne connais donc pas celui qui te conçut ?
- Si je devais connaître les noms et les adresses
De tous les coups foireux qui ont sauté au cul
De ma mère – Allah garde cette vieille bougresse –
Bottin serait mon nom ! Mais pas Bottin mondain,
Ses clients ma mozeur les taxe de vingt balles
Pour vingt balles t'as plus rien que la mère Cannibale !
C'est ainsi qu'on la nomme dans l'milieu du tapin,

À cause que, pour les pipes, elle ôte son dentier,
Un accident, parfois, peut si vite arriver...
-Ta mère se prostitue, voilà qui est cocasse,
Car crois-moi si tu veux, celle que tu volas
Exerce en ce village le même apostolat.
Rends-moi le portefeuille et elle te rendra grâce.

- J'entrave pas la moitié des mots que tu blatères !
- Et bien oublie-les donc, ils ont peu d'importance.
Donne le portefeuille sans plus faire de manière
Que je puisse le rendre à celle que, par chance,
Je connais assez bien pour être bonne fille.
Elle saura oublier le mal que tu lui fis
Et j'obtiendrai pour toi son pardon intégral.
Tu pourras repartir sans qu'on te fasse mal.

- Te rendre le larfeuille ! Tu me prends pour un cave !
Je l'ai tiré tout seul, il est mien maintenant !
- De la propriété tu as, c'est assez grave,
Un sens fort perverti. Si tu veux, parlons-en.
- Dis, mec, tu pourrais pas causer comme tout le monde ?
T'as l'air plutôt sympa, mais crois-moi si tu veux,
À blablater comme ça, y'a pas un mec au monde
Qui pourra entraver des trucs aussi foireux !
- Je te le dis, garçon, je sais que tu te trompes.
- Et ben, si ça t'amuses, continue comme ça !
Moi, j'en ai rien à foutre, mais vraiment tu me pompes.
C'est volé, c'est volé, t'approche pas trop de moi !
- Rends-moi ce portefeuille, tu seras pardonné...
- Tête de mort, t'es bouché ! Dégage, je nique ta mère ! "

Mais voici que résonne de nouveau le tonnerre !
Jésus lève les yeux, contemple la nuée,
Et, s'adressant au ciel intercède pour lui :
" Pardonne-lui, Ô père, il ne sait ce qu'il dit

Et présente à Maman, qui siège à tes côtés,
De son enfant chéri l'affectueux respect. "
Le ciel grommelle encore, fait sa mauvaise tête,
Mais les nuages noirs qui s'étaient amassés
Au-dessus de l'enfant pas du tout rassuré
Laissent bien vite place à un soleil de fête.

Le garçon, perturbé par ce nouveau prodige
Demande alors au fils, d'un ton plus mesuré :
" Comment c'est qu'tu t'appelles avec ta tête de tige.
Toi qui t'adresses au ciel ? Qui en es écouté ?
- Je m'appelle Jésus
                        - Oh bordel, c'est pas vrai !
J'ai dû naitre maudit ! Quelqu'un le fait exprès !
Chaque nouvelle embrouille, c'est toujours pour ma pomme !
J'attire les emmerdes comme la merde les mouches !
T'aurais pu être jaune, ou bien black, ou manouche,
Ou bien n'importe qui, un simple mec, en somme,
Et faut que tu sois juif, l'ennemi de ma race !
- L'ennemi de ta race ? Mais de laquelle, dis-moi ?
Le père de ta mère n'a pas laissé de trace,
Tandis que son épouse venait de l'Algérois.
Ta mère, elle, est française, ton père est inconnu…
- Tu cherches à m'embrouiller, avec tous tes mélanges !
Mais on n'me la fait pas, j'ai été prévenu !
Je suis arabe, toi juif, t'es le diable, je suis l'ange ! "

Jésus, en souriant, prend le temps de s'assoir.
Il cueille un long brin d'herbe, le glisse entre ses dents.
Sa paisible attitude désarme un peu l'enfant
Qui s'assied à son tour, juste comme ça, pour voir…
" Comment t'appelles-tu ? " lui demande Jésus.
- " Je me nomme Youssef.
                        - Tiens, comme beau-Papa !
- Qu'est-ce que tu me chantes ?

- Rien qui ne soit connu.
Le mari de ma mère s'appelait comme ça,
Youssef, le charpentier.
                        - C'est un prénom arabe !
- N'est-il pas étonnant, voire même illogique
Que deux races ennemies, l'une à l'autre innommable
Donnent à leurs enfants des prénoms identiques ?
- Où veux-tu en venir ?
                        - Écoute encore ceci :
Quand tu me prétends juif, ce que je peux comprendre,
Veux-tu parler de race, comme tu l'as déjà dit,
Ou bien de religion, comme j'ai cru l'entendre ?
-...
- Si c'est de religion, tu as un peu raison.
Je fus juif, autrefois, voici deux mille années.
Puis j'ai été chrétien, sans réelle intention,
Car Pierre, et quelques autres, avec qui j'ai traîné
Fondèrent la religion qu'on nomme christianisme,
Qui, au travers des âges, a connu bien des schismes...
- A connu bien des quoi ?
                        - Disons pour simplifier
Que tout ne fut pas rose, au sein du mouvement,
Durant ces deux mille ans. Je dois même avouer,
À mon grand désespoir, à mon corps défendant,
Qu'on s'est beaucoup tué durant les années noires
Et que ça dure encore, dans de nombreux pays
Au fallacieux prétexte d'honorer ma mémoire,
Et d'imposer aux autres chacun son propre avis
Sur les mots que j'aurais, d'après eux, prononcés.
Si j'avais pu prévoir...
                        - Tout ça, c'est des histoires !
Juifs ou bien catholiques, prétendus réformés,
Et même russes orthodoxes ou grecs à barbe noire,
C'est du pareil au même ! Qu'ils s'étripent s'ils désirent,
J'en n'ai rien à branler ! Ça fera de la place

Pour les bons musulmans, les seuls saints que j'admire !
- L'Islam ! Tiens, justement, t'en connais pas des masses...
- Je sais qu'Allah est grand ! Mahomet, son prophète...
- Ce cher vieux Mahomet ! Sais-tu qu'il me connaît ?
- C'est encore un bobard !
                    - Tu veux que je promette ?
Je t'assure que l'on peut, sans pourtant rigoler,
Me dire musulman, et trouver sous les mots
Ma place dans le Coran !
                    - C'est rien que du pipeau !
Des histoires de curé ! T'es quand même un youpin,
Et moi je suis rebeu ! Nous sommes donc ennemis
Y'a pas à tortiller, c'est comme ça, c'est ainsi !
Je crois qu'on va finir par en venir aux mains !

- Je vois que tu persistes, poursuivons, mon ami.
Ta haine à mon égard n'a rien de religieux
Je viens de le montrer. Jusque-là, tu me suis ?
- Évidemment, connard, tu me prends pour un nœud ?
- Reprenons le débat, puisque tu le désires.
Donc, foin de religion, c'est de race qu'il s'agit.
- C'est exactement ça, je saurais pas mieux dire.
Le malheur soit sur Sion, les juifs sont tous maudits !
- Tu n'y vas pas avec le dos de la cuillère !
Il me parait pourtant qu'aujourd'hui comme hier,
Tu méconnais l'histoire comme l'ethnographie.
- Encore un mot savant pour tromper l'ennemi !
- Calme-toi, petit frère, écoute pour apprendre.
Cette science étudie les caractéristiques
Qui distinguent les races, et nous aide à comprendre
Qui est le frère de qui, de manière scientifique.
Les juifs sont des sémites, ainsi que les arabes
C'est un fait démontré que tu ne peux nier.
- Tu veux dire que nous deux...
                    - sommes apparentés !

Voilà la vérité, n'est-elle pas délectable ?
- Mais ce n'est pas possible ! Je n'y comprends plus rien.
Pourquoi alors ces guerres qui opposent des frères ?
- C'est la bonne question que tu me poses enfin.
Je vais, pour y répondre, paraître un peu primaire.
Les choses sont plus complexes que ce je vais dire
Et plus elles sont complexes, plus elles deviennent pires !

Sous chacun des conflits qui opposent des hommes
Se cache l'intérêt de quelques malfaisants
Qui envoient au carnage des tonnes de pauvres pommes
Pour s'enrichir toujours, devenir plus puissants...
- Mais les peuples, en ce cas, pourquoi se laissent-ils faire ?
Ils n'ont qu'à bousiller ces infâmes tyrans
Les chasser à grands coups de lattes dans le derrière...
- Ils bousillent et ils chassent, une fois de temps en temps
Descendent dans la rue, font la révolution.
Le problème, vois-tu, tient entier dans ce nom
Car la révolution, c'est un cercle complet,
Et quand on tourne en rond, on ne peut avancer.

L'histoire nous montre, hélas, toujours la même chose
On croit sortir du noir pour entrer dans le rose,
Mais ceux qui ont mené le peuple à la victoire
Courent pour redresser le trône et s'y asseoir.
- Tout ça n'explique pas les guerres entre les races !
- Mais si, bien au contraire, regarde les choses en face.
La haine d'une race ne cache que l'envie
De son or, de son art, ou de son territoire,
Et le besoin malsain de dominer autrui
Pour camoufler sa peur, et entrer dans l'Histoire.
Les hommes sont semblables plus qu'ils sont différents,
Ils ont deux bras, deux jambes, une tête pour penser,
Et un corps pour aimer, et faire des enfants.
Comment pourraient-ils croire que la forme d'un nez,

La couleur d'une peau, des rites différents,
Sont, pour mener la guerre, arguments suffisants,
Quand tant d'autres détails les font se ressembler ?
Pourquoi juifs et arabes seraient-ils ennemis
Quand ils sont plus semblables qu'un grand et un petit ?
Je te l'affirme encore, tu es mon petit frère,
Et quelques différences ne valent pas une guerre.

- Tu me poursuis pourtant, et tes potes du village
Voudraient bien me lyncher, malgré mon tout jeune âge !
Moi j'appelle ça racisme, que tu le veuilles ou non !
Vous êtes tous des salauds, je vous enchose à sec !
- Je suis là pour t'aider...
                                    - Va te faire voir, pauv' mec !
Le gamin lui fait face, puis part à reculons,
Butte sur une racine, tombe sur le derrière,
Et se met à jurer, pis qu'une poissonnière.
-" Bordel, mais c'est pas vrai ! Tout le monde m'en veut,
Même cet arbre débile me fouille la tignasse
Pour déloger les poux que j'abrite en ce lieu !
Lâchez-moi donc la grappe, ennemis de ma race ! "

À le voir se débattre, coincé par la racine,
Jésus rit de bon cœur, mais sans méchanceté.
Touché dans son orgueil, l'enfant fait grise mine,
Mais accepte le bras qui l'aide à se lever.
Le Fils, toujours sourire, reprend son exposé :
" Tu as raison, sans doute, les gens de ce village
Aimeraient te tancer pour ce que tu as fait.
Ce qui n'est somme toute qu'un petit dérapage,
Parce qu'ils sont humains, pourrait bien s'aggraver.
Il faut que tu comprennes que dans ce cas précis
Tu es seul responsable de ce qu'il adviendra.
Élimine la cause, l'effet disparaîtra.
Rends-moi le portefeuille, et adieu les soucis.

- De quoi vais-je donc vivre, si je ne peux voler ?
J'ai besoin de ce flouze pour pouvoir becqueter !
- Je respecte ton choix, mais réfléchis encore.
Si voler, aujourd'hui, te semble plus aisé
Qu'apprendre à travailler pour te remplir le corps,
C'est que tu ne vois pas plus avant que ton nez.
La voie que tu empruntes mène à la solitude.
Qui te fera confiance, au risque d'être volé ?
Pense à ta pauvre mère qui se meurt d'inquiétude
Pour que tu sois instruit, que tu puisses t'en tirer.
- Mais l'école c'est duraille ! Faut pouvoir supporter
Tous ces petits bourgeois qui nous farcissent le crâne,
Prennent un plaisir sadique à nous interroger,
Et nous plantent des colles et des oreilles d'ânes !
- C'est parce que tu t'opposes au lieu de t'associer.
Considère un instant que tous ces professeurs
Ont une vocation : ils veulent vous aider.
Leurs méthodes souvent provoquent bien des heurts,
Mais ils relèvent de ta responsabilité.

Prends l'école comme un don, plutôt qu'une corvée,
Et, au travers des livres au fond de tes cahiers,
Tu t'offriras le monde, et peut-être un métier.
Alors, tu seras riche de ton honnêteté,
Tu pourras faire le bien, et soigner ta Maman,
Qui sera fière, enfin, de son petit enfant.
- Tu parles d'un programme ! " Laisse tomber le gamin,
En même temps que ses bras, pour montrer qu'il se rend.
Il reste un long moment immobile, comme absent,
Puis extrait de sa poche l'objet de son larcin.
" Elle est pute, dis-tu, celle que je volai...
Dis-lui que j'ignorais, j'y demande pardon.
Je crois que plus jamais je ne le referai.
Ce que tu dis est bien, t'as sûrement raison.
Voici enfin venu le temps de m'arrêter.

Il faut que je m'en aille, montre-moi le chemin.
Si je suis à la bourre, ma mozeur va râler
Je l'ai assez fourrée, comme ça, dans le pétrin,
Y faudrait pas qu'en plus elle ait à s'inquiéter. "
Les voici de retour dans la vieille chapelle.
Jésus sort le premier, rend le porte-monnaie,
Renvoie les villageois aux devoirs qui appellent,
Avant d'expédier l'oisillon vers son nid.
Il revient sur ses pas, referme lentement l'huis,
Et tombe sur Jean-Pierre qui balaie la chapelle.
Comme le Fils, surpris, s'étonne de ce zèle,
Le disciple répond, en prenant son air bête :
-" Le p'tit beur s'est cassé, je ramasse les miettes ! "

Chapitre Cinquième

Ah, ma soutane, ne veux-tu donc rien dire ?

Comme on était dimanche, Jésus, ce matin-là
Au cœur de la chapelle parlait sans retenue
À ses ouailles assemblées en aimable cohue,
Chacun propre sur lui, mais sans grand tralala.
Il en était ainsi, dans le petit village,
Une fois par semaine, depuis son arrivée,
En l'absence de prêtre, c'était à l'ermitage
Que les croyants du lieu avaient trouvé curé.
Mais le pape de Rome, descendant de Saint-Pierre
N'aurait qu'à grande peine reconnu son office.
Jésus ignorait tout des trucs du séminaire
Et des salamalecs qu'on sert au nom du Fils.

Comme au temps des apôtres, sur les marches du temple,
Assis au milieu d'eux il leur ouvrait son cœur,
Répondait aux questions, et donnant maints exemples
Illustrait ses propos sans jouer à l'orateur.
Puis quand approchait l'heure où l'estomac rappelle
Qu'à son tout lui aussi voudrait être rempli,
Jésus les invitait à se rendre à l'autel,
Et là, fort simplement, rompait le pain béni.
Chacun mangeait sa part, et buvait à la coupe
Avant d'aller, peinard, chez lui cuire sa soupe.

Ce matin-là, pourtant, se tenait à l'écart
Un jeune homme inconnu, tout habillé de noir.
Jean-Pierre, dès son entrée, malgré sa discrétion,
Avait fixé sur lui toute son attention,
Et si sa partie "Jean" avait suivi la messe,
La partie "Pierre", méfiante, se tenait en éveil
Au cas où il aurait fallu avec rudesse
Chasser du lieu béni cette espèce de corneille.

Quand tous furent partis, l'homme ne bougea pas.
Il était à genoux, la tête sur les bras,
Et psalmodiait tout bas des paroles bizarres
Dans une langue morte aux vocables barbares.
Jésus, sans s'en soucier, planté devant l'autel
Assurait le ménage, et rangeait la vaisselle
En chantonnant, pour lui, un vieil air oublié.

Pendant ce temps, Jean-Pierre, les sourcils froncés
S'approchait lentement du quidam en prière…
" Excusez-moi, jeune homme, la messe est terminée,
Il me faut maintenant éteindre la lumière.
Auriez-vous la bonté, quand vous vous en irez,
De fermer après vous la porte de derrière ? "
L'autre relève la tête, fixe l'interrupteur,
Pointe sur lui l'index d'un geste accusateur,
Et déclame à tue-tête d'une voix de stentor :
" Vade retro, Satan, allez, ouste ! Dehors ! "

La surprise est si grande que Jean-Pierre en chancelle
Et recule, interdit, jusqu'à toucher l'autel.
L'autre, déjà debout, à grands pas le poursuit.
Le doigt toujours pointé encore il l'interpelle :
" Quand vous parlez de messe, désignez-vous ainsi
Le chahut que vous fîtes en cette Sainte Chapelle ?

Ce spectacle païen, juste dessous la croix,
M'a retourné le cœur et m'a déchiré l'âme !
Vous eûtes, pour vos agapes, pu choisir un endroit
Spécialement conçu pour ces rites infâmes ! "

L'homme s'est approché à toucher le pêcheur.
La colère le ronge. Il va faire un malheur !
Déjà son bras se dresse, ses phalanges se tendent...
Il prend un peu d'élan, et gifle le disciple.
Jean-Pierre n'est pas ingrat, quoique certains prétendent.
Quand il s'agit de rendre, il aime les multiples,
Et avant que Jésus, qui cette fois s'alarme,
Ait pu dire un seul mot pour apaiser son âme,
D'un crochet sec au foie, doublé d'un uppercut,
Il apprend au gifleur à faire la culbute !

" Jean-Pierre, mon pauvre ami, je suis désespéré !
Ne sauras-tu jamais retenir mes leçons ?
Elles sont rares, pourtant, et leur notoriété
Devrait t'aider encore à moins faire le con !
- C'est lui qu'a commencé...
                              - C'est pas une raison !
Cent fois, je te l'ai dit, aime celui qui te frappe...
- Seigneur, je te promets, j'ai cogné sans passion,
Juste pour empêcher qu'emporté, il dérape.
Il aurait pu glisser, se faire mal pour de bon...
- N'ai-je pas dit que si on frappe ta joue droite
Tu dois tendre la gauche, accorder ton pardon ?
- C'est que, vois-tu Seigneur, " dit, la mine benoîte
Le disciple hypocrite au faux air repentant,
" Il a frappé à gauche, dès la première baffe !
J'étais exonéré de ce commandement...
Ou bien j'ai mal compris, et commis une gaffe.
- Et bien répare-là, réveille-moi ce prêtre...
- Un prêtre ce corbeau, il n'en a que l'habit,

Et encore ! Des comme ça, il y a belle lurette
Que je n'en ai pas vu, sauf en photographie.
Ce quidam-là, Jésus, te vaudra des ennuis !
Laisse-moi le finir, je vais lui faire sa fête !
C'est qu'un vilain cafard, une bestiole qui nuit !
Un peu d'insecticide nous fera place nette !

- Jean-Pierre, ça suffit ! Tu te trompes d'histoire !
Multiplier les pains n'est pas la solution.
Réveille-le, te dis-je et donne-lui à boire.
Il faut qu'avec lui j'aie une conversation. "
Le pêcheur, maugréant, va puiser un peu d'eau
Dedans le baptistère, au fond de la chapelle,
Puis il revient vers l'homme, et renversant le seau
Il l'asperge si-bien que l'autre se réveille.
Sans attendre son reste, Jean-Pierre, toujours râlant,
Ramasse ses affaires et quitte la chapelle.

Le prêtre est en colère, il en est tout fumant.
Il semble bien qu'il veuille poursuivre la querelle.
Le disciple ayant fui, il fait face à Jésus,
Et les deux poings serrés, en garde académique,
Le buste redressé et le regard aigu,
D'un boxeur de gala, il singe les mimiques.
Il approche lentement, à petits pas précis,
En bougeant les épaules, en soufflant par le nez,
Mais Jésus, immobile, n'est pas impressionné.
Il l'attend gentiment, et même lui sourit…

Le curé n'en a cure, et s'apprête à frapper.
Jésus, toujours sourire, écarte alors les bras,
Incline un peu la tête, comme s'il était en croix,
Puis s'élève du sol, et se met à briller.
À ses mains, à ses pieds, et même à son côté
S'ouvrent les Saintes Plaies dont le sang vient à sourdre.

Devant un tel prodige, le prêtre est pétrifié.
Il demeure immobile, comme frappé par la foudre,
Puis il tombe à genoux, se frappe la poitrine
Et déclame, tête basse, des prières latines.
Jugeant que c'est assez, Jésus incontinent
Redescend jusqu'au sol et lui dit gentiment :
" Relève-toi, mon frère, je voudrais te parler,
Car je te connais bon sous tes dehors austères.
Tu as été trompé pendant bien des années.
Laisse-moi te guider vers de bonnes prières.

-Agnus Dei, qui tollis pecata mundi
Miserere nobis, miserere nobis. "
Lui répond le curé encore abasourdi.
" Nom de mon Très Saint Père, on est pas dans la mouise ! "
S'exclame alors le fils. Quel est ce charabia
Que tu me sers ici, au cœur de la Bretagne ?
Crois-moi, mon pauvre ami, tu te trompes d'endroit,
Et puis d'époque, aussi, car depuis Charlemagne,
Le latin n'a plus cours dans le pays français,
Auquel ce beau duché, jadis, fut rattaché…
- Mais, Seigneur ", reprend l'autre, qui s'est mis à genoux,
Le latin, de tout temps, fut langue de l'Église.
Pour servir Notre Père sans craindre son courroux
Il nous faut décliner…
                        -Cesse donc ces bêtises !
Explique-moi comment, par quel sacré mystère,
Mon père entendrait mieux cette langue caduque
Que les autres idiomes qu'on pratique sur terre ?
Pourquoi pas le zoulou, le grec, ou bien le turc ?
- La règle ainsi fut faite
                        - Mais pourquoi le fut-elle ?
- C'est une question, Seigneur, qui ne se pose pas.
- Je te la pose, moi, n'en ai-je pas le droit ?
Pourquoi n'uses-tu pas d'une langue actuelle ?

Le latin fut choisi voici deux millénaires
Car il était alors langage universel.
Pour dire la parole au-delà des frontières
Il a fallu choisir un support usuel.
Mais vous autres depuis, pour des raisons obscures,
Vous le sacralisez, allant jusqu'à prétendre
Qu'il y a, pour le moins risque, de forfaiture
À le laisser tomber pour se faire comprendre.
Vous respectez la lettre en omettant l'esprit !
Car si c'est mon message que vous voulez répandre,
Faites-le comme moi, dans la langue du pays.
De cette façon-là, on saura vous entendre.
Le latin ! Et puis quoi ? Rendez donc à César
Au fond de son caveau, ce qui lui appartient !
Dès lors, tu le verras, y'aura plus de lézard,
Le moindre pénitent vous entendra enfin !

- Mais que fais-tu, Seigneur, du Mystère, du Sacré,
De ces secrets si graves qu'il faut, pour le comprendre,
Appartenir au cercle étroit des initiés ?
- Plutôt qu'entendre ça, j'aimerais me faire pendre !
Quand je repense au mal que je me suis donné,
Aux paraboles qu'exprès j'inventais chaque fois
Pour éclairer mes dires, illustrer mes idées,
Afin qu'au plus petit tout semble aller de soi !
C'est comme cet habit, sous lequel tu te caches !
Ai-je jamais porté semblable accoutrement ?
Il est serré, étroit, et contrarie la marche...
Un jean et des baskets seraient bien plus seyants !

- Un... jean, et des baskets ! Des vêtements vulgaires !
Mais ce serait, Seigneur, offenser notre Père
Que de se fondre ainsi dans la masse grégaire
En portant les atours des brebis ordinaires.
Comment le peuple élu, l'assemblée des fidèles,

Dans de pareilles tenues pourrait nous respecter.
Il nous faut la soutane, et tout le rituel,
Pour parler en Ton Nom, Te servir, et prier…

- Crois-tu, mon pauvre ami, que malgré le proverbe,
C'est l'habit que tu portes qui, par un grand mystère,
un mouton ordinaire, bon à manger de l'herbe
Fait un religieux, apte à servir le Père ?
Si c'est ce que tu penses, j'en ai bavé pour rien.
- Ma soutane, Seigneur, est signe d'allégeance,
Et c'est pour te servir que je parle latin.
J'ai longtemps étudié, presque depuis l'enfance,
Les textes, les écrits, et tous les livres saints.
Je connais aujourd'hui toutes les références,
Tout ce qu'il faut savoir pour te comprendre mieux…
- Mais tu as, pour ce faire, brûlé ton innocence,
Et ce savoir si lourd a masqué à tes yeux
Le seul commandement qui ait de l'importance :
C'est l'amour que tu donnes qui parle au nom de Dieu.
Qu'importe le latin, et maudits soient les textes
Quand ils sont, comme ici, si mal utilisés !
Ils ne servent, souvent que de pieux prétextes
Ils sont comme les outils au dur tranchant d'acier.
Avec, on peut construire, ou travailler la terre,
Mais des mains scélérates peuvent les retourner
Pour frapper et détruire, pour abattre des frères…

On a beaucoup écrit, après mon sacrifice,
Sur ma vie, mon message, et mes enseignements…
Bon nombre de ces textes me trouent les orifices,
A de sales doctrines, ils servent de fondements !
- Excuse ma bêtise, mais je ne comprends pas
Ce que tu veux me dire
                        - Y'a rien d'étrange à ça.
Ce que tu as appris colmate tes neurones.

Écoute encore un peu, je vais être plus clair,
Bien que je craigne fort que tout ceci t'étonne...
Pourquoi diable certains, sans doute un peu pervers,
Ont cru bon de répandre que ma mère était vierge ?
- Parce qu'elle ne l'était pas ? " L'abbé, blanc comme un cierge
Fait son signe de croix et récite un " Ave "

" Je n'ai jamais dit ça ! " se révolte le fils.
" J'affirme simplement que la publicité
Qu'on fit de son état n'est pas tout bénéfice.
Si Dieu choisit ma mère pour porter son enfant,
C'est qu'elle n'avait alors commis aucun péché.
Ce fait est en lui-même beaucoup plus important
Que la préservation de sa virginité,
Conséquence accessoire d'un acte de l'Esprit
Qui reste hors de portée des filles d'aujourd'hui.

Et pourtant, à vous lire, et à vous écouter,
Ma Mère, que Dieu la garde, ne doit sa sainteté
Qu'au fait que, pour m'avoir, elle n'a pas du coucher !
Et vous en profitez, ô jaloux hypocrites
Pour condamner tous ceux qui s'aiment un peu trop tôt,
Noyant les sentiments sous des lois trop écrites
Qui vous érigent juges en place du Très-Haut.

- Mais l'amour, hors mariage, offense gravement
Notre Père Céleste
                    - Il l'offense ? Vraiment ?
Et comment le sais-tu ? S'est-il confié à toi ?
Qu'est-ce que le mariage, sinon une autre loi
Conçue pour imposer, jusque dedans l'alcôve
Vos modes de pensée ! Je dis stop ! Peace and love !
Et il en est ainsi de presque chaque chose.
Tiens ! Encore un exemple, lui non plus n'est pas rose !

Des hommes et des femmes, dans différents pays,
Appliquant des coutumes venues du fond des âges
Prient le Dieu de leurs pères qu'ils nomment à l'envi
Jéhovah ou Allah, chacun dans son langage.
Pour chacun de ces peuples, la cause est entendue,
De celui qu'il vénère, il est le peuple élu.
Par voie de conséquence, - la déduction est belle –
Tous les autres humains sont des chiens d'infidèles
Sur lesquels il convient de déverser céans
Tout un lot d'anathèmes et de liquides bouillants,
Non sans avoir, avant, prié le Très Saint Père
De donner la victoire à leur jolie bannière.

- Ces saintes guerres, Seigneur, sont menées pour Ta Gloire…
- Arrête de délirer, me prends-tu pour une poire ?
Ces guerres de religions que furent les croisades,
Et que d'autres poursuivent sous le nom de djihad,
Ces massacres infâmes de croyants innocents,
Et ces inquisitions qui baignent dans le sang
Ne sont que l'expression de votre vanité !
Ne mêlez pas mon Père à ces insanités !
Que vous utilisiez la vie qu'Il vous donna
À en détruire d'autres est déjà détestable,
Mais que vous demandiez qu'il bénisse vos bras
Avant que de frapper dépasse l'innommable !
Comment pouvez-vous croire, intégristes bornés,
Que Notre Père confie à l'un de ses enfants
Le devoir incroyable d'aller éliminer,
Juste pour son plaisir, ses autres descendants ?

- Ces autres dont Tu parles se vautrent dans l'erreur !
En priant d'autres Dieux ils se conduisent mal !
- Éclaire ma lanterne car vois-tu, j'ai grand peur
D'avoir mal entendu ces paroles cruciales.
Ne viens-tu pas de dire qu'existent d'autres Dieux ?

Dans la bouche d'un prêtre, ceci n'est pas banal !
- J'implore ton pardon il n'y a qu'un seul Dieu.
Oublie, si tu le peux, ces paroles triviales.
- J'accepte tes excuses, mais à une condition :
Il te faut maintenant faire preuve de logique,
Car si Dieu est unique et sans contrefaçon,
Dans ton raisonnement, y'a forcément un hic !
Tous les braves gens qui, chacun selon son rite,
Vénèrent une puissance d'amour et de bonté,
C'est de mon Très Saint Père qu'ils chantent les mérites
Si l'on croit au principe de son unicité !

- J'avoue bien humblement que l'argument se tient,
Et que, subséquemment, j'en perds tout mon latin...
- N'en sois pas trop marri, la perte n'est pas grande.
La forme, en toute chose, au fond doit se soumettre.
Va, reprends ton chemin, et tâche de répandre
Le message d'amour qui te fera renaître. "
Jésus lui tend la main, l'aide à se relever,
Lui donne sur la joue un baiser fraternel
Puis appelle Jean-Pierre pour qu'il fasse la paix
Sous l'éclairage doux du regard paternel.
-" Ecce homo " dit le pêcheur en émergeant
De l'auge de granit qui sert de baptistère.
Il tend la main au prêtre, sincère et souriant,
Et conclut par ces mots qu'il adresse à son frère :
-" Ite missa est "

Chapitre sixième

De l'interprétation de la règle du jeu

Un soleil de printemps, de ses rayons timides,
Chatouillait le grand chêne qui riait en bruissant,
Tout heureux de sécher ses vieux rameaux humides
Un peu ankylosés par l'hiver et les ans.
La clairière se parait de nuances vert tendre.
Les oiseaux patrouillaient pour se choisir un nid.
Derrière chaque brin d'herbe on aurait pu surprendre
Un criquet, un grillon, ou bien une fourmi.
Les couleurs et les sons, dans ce décor champêtre
S'étiraient et baillaient après le long hiver
Dont le manteau miteux laissait enfin paraître,
Ébouriffées de joie, les jeunes primevères.

On riait haut et clair, en perles de cristal,
Juste sous le rocher, sur un terrain bien plat.
On avait tracé là un jeu monumental
Une énorme marelle qui faisait bien vingt pas.
À ce jeu s'affrontaient, en parfaite innocence,
Cinq habitants du cru qu'on aurait eu grand mal
À rencontrer ailleurs, puisque leur existence
Est sujette à caution, et paraît anormale
En tout point de la terre soumis à la logique.
Plouménez, par bonheur, connaît d'autres pratiques.

Jean-Pierre, le premier, avait jeté sa pierre,
Puis avait replié la jambe à cloche-pied,
Et il avait sauté, mais sa station précaire

N'avait pas résisté au choc de l'arrivée.
Il s'était retrouvé les quatre fers en l'air,
Avait, sans réagir, subi les quolibets,
Sachant pour une fois maîtriser sa colère.
Fn se frottant les coudes il s'était relevé,
Puis s'était retiré en attendant son tour,
Sans illusion, pourtant, quant à l'issue du jeu,
Car il connaissait trop ses adversaires du jour
Pour croire un seul instant à un sort plus heureux.

Le candidat suivant est une candidate
C'est encore une enfant au visage angélique.
Elle a de longs cheveux, et sa peau délicate
Lui confère une grâce toute raphaélique.
Sa robe transparente, de nuage tissée,
Habille tendrement sans jamais le contraindre
Un corps gracile et long, aux gestes déliés,
Bien plus solide, pourtant, qu'on ne le pourrait craindre.
Dans le haut de son dos, comme une libellule,
Elle porte fièrement quatre ailes nervurées.
Je vois déjà s'ouvrir vos bouches incrédules...
N'oubliez pas que nous sommes à Plouménez !
Lentement, dans les airs, elle s'élève en silence,
Laisse choir son caillou sur la case choisie
Puis se repose, légère, avec un pas de danse,
Sur chacune des cases qui mènent au Paradis.
En trois battements d'ailes, elle termine déjà,
Sans faire aucune erreur, sa partie de marelle.
Puis, en se retournant, elle s'incline bien bas,
Saluant son public, en bonne elfe femelle.

Un rire lui répond, un rien tonitruant.
On dirait un clairon qui appelle à la soupe.
Un petit homme avance en clopin-bondissant.
Il a, en haut du front, une drôle de houppe

De cheveux roux et blancs en mèches mélangés.
Ses habits sont de feuilles et de fleurs emmêlées.
Ses membres contournés, comme son nez, fort long,
Font penser à des branches... Et son torse à un tronc.
Il est cousin de l'elfe, à la mode de Bretagne
Et partage avec elle l'abri de la montagne.
C'est un joyeux luron, ce lutin des forêts,
Qui n'aime rien autant que rire, et que jouer.
Justement c'est son tour de lancer le caillou.
Mais il est si petit, les carrés sont si grands !
Pour l'en croire capable, il faudrait être fou.
La pierre vole pourtant, et sans prendre d'élan,
Il saute, et cabriole, et rebondit toujours,
Tant et si bien qu'enfin il finit son parcours
Debout sur les deux mains, sous les acclamations
D'un public tout acquis à son exhibition.

Avance alors sans bruit, dans sa robe d'azur
Une femme si belle qu'elle en paraît briller.
Sa démarche est légère et son regard est pur.
Morgane était sa mère... C'est la dernière fée.
Avec délicatesse elle met son pied joli
Sur la case de Terre, puis souffle doucement
Sur la petite pierre qui s'élève sans bruit
Pour aller se poser sur le carré suivant.
Elle dresse alors les bras, aussitôt disparaît,
Et se matérialise sur le numéro deux,
Puis recommence encore son manège de fée,
De carré en carré, jusqu'au numéro " cieux ".
Elle aussi a gagné, Jean-Pierre en est marri.
Là, vraiment, trop c'est trop, et il se sent floué.
Il commence à grogner, et ça sent le roussi,
Car ses trois adversaires ne cessent de le moquer...

Fort à propos, Jésus, qui jusque-là dormait,

De son nid de branchages descend en catastrophe.
Il prend à part Jean-Pierre, tente de le calmer,
Mais les yeux du disciple sont deux Kalachnikovs.
Il a, de la partie, une opinion tranchée :
" C'est rien que des tricheurs, des graines de malfaisants !
On devrait interdire des pouvoirs si puissants !
Ces enfants sont des monstres...
                        - Tu es mauvais perdant !
- Mais puisqu'ils ont triché !
                        - C'est ce que tu prétends !
- Mais enfin, tu l'as vu ! J'ai quand même pas rêvé !
L'une qui disparaît, l'autre qui cabriole,
La troisième qui ouvre ses ailes et puis s'envole !
Si ce n'est pas tricher, je veux être damné !
- Si c'est vraiment ton souhait, je peux faire quelque chose ! "
Répond alors Jésus d'un ton qui en impose.

Le disciple aussitôt comprend qu'il a gaffé,
Tente une marche arrière, mais sans abandonner,
Car un pêcheur breton, quel que soit son accent
Reste une référence en termes d'entêtement.
" Excuse-moi, Seigneur, tu me connais rugueux.
Les paroles souvent s'échappent de ma bouche
Avant que je n'aie pu les polir un p'tit peu,
Pour qu'elles ne blessent pas les oreilles farouches.

Pourtant je voudrais bien qu'en un point tu m'éclaires.
Dans les textes anciens, il est dit, en effet,
Qu'au tout début de tout, Dieu, Notre Très Saint-Père
Fit l'homme à son image, afin qu'il fut parfait...
Il n'a pas, que je sache, trouvé judicieux
De lui coller des ailes derrière les épaules,
Pour qu'il puisse le rejoindre, tout là-haut, dans les cieux...
Il n'a pas jugé bon, ça aurait été drôle,
De le faire ressembler à un arbre tordu...

Il ne l'a pas doté de formules magiques,
Afin qu'il disparaisse, ni vu et ni connu,
Au mépris de la science, et puis de la logique...
- Où veux-tu en venir
                        - A ceci, doux Jésus.
Ces trois olibrius, pour charmants qu'ils puissent être,
Possèdent des pouvoirs aux hommes inconnus.
Ne devraient-ils donc pas n'en rien laisser paraître,
Du moins quand ils côtoient ceux qui furent élus ?
Le risque parait grand que les simples mortels
Ne se sentent floués, pour ne pas dire plus,
De cette infirmité, de cette absence d'ailes,
Et que, subséquemment, à tort, bien entendu,
Ils n'en viennent à croire qu'on les a manœuvrés,
Roulés dans la farine, et pour tout dire, bernés !
Et qu'à côté du Père, voire peut-être au-dessus,
Existe un autre dieu qui engendra ces êtres...
S'ils sont à son image, il doit être tordu,
Sans doute ailé aussi, et magicien peut-être...

- Homme de peu de foi, réponds à mes questions !
Qui écrivit ses mots que tu citais tantôt ?
Qui prétendit que Dieu, lors de la Création,
Fit l'homme à son image ? De qui est ce propos ?
Te voici bien muet, Ô disciple débile,
Homme parmi les hommes, pauvre chose à deux bras,
Petit tas de cellule qui croit que son nombril
Éclaire cette terre d'un formidable éclat !
Il faut bien que tu sois le fieffé condisciple
- Note que dans ce mot, il n'y a pas que disciple –
De celui qui péta plus haut que son derrière,
En renversant ainsi la vérité première,
Pour répandre aujourd'hui de telles âneries !
Car c'est l'homme qui dans sa mégalomanie
Fit Dieu à son image, et non pas le contraire !

71

- Mais Seigneur, que dis-tu ? " S'étonne alors Jean-Pierre.
" Tu remets en question tout ce que j'ai appris !
A qui faire confiance, et qui croire, aujourd'hui,
Si les textes anciens doivent se lire à l'envers ?
- Jean-Pierre, ne te fais pas plus bête que tu n'es !
Il faut, des vieux grimoires, interpréter les mots,
De peur qu'en nos mémoires, ils ne deviennent maux !

Ce texte que tu cites est l'exemple parfait
De paroles anciennes trop souvent mal comprises,
Car bien mal enseignées, par d'étranges dévots
Qui conservent les simples, ainsi, sous leur emprise,
Justifiant comme ça leurs odieux travaux.
Ces ainsi que jadis, à cause de leur peau sombre,
Ces jocrisses excluaient les noirs du paradis
Au motif que le Père, n'ayant noire que son ombre,
Ces hominidés-là n'étaient pas comme lui,
Et que, par conséquent, mammifères tout au plus,
C'est comme du bétail qu'il les fallait mener
Pour la très grande gloire de ces très saints faux-culs
Et l'édification de leur porte-monnaie.

Sache qu'en toute chose, il convient de chercher
Qui a écrit la prose, qui en a hérité !
Le Père, dans sa bonté, fit l'homme à son image,
Nous rapporte l'écrit que plus tôt tu citais.
Mais il n'a pas de chair, n'a pas d'os, n'a pas d'âge !
L'homme physiquement ne peut lui ressembler.
Tous les portraits de Dieu que nous transmet l'histoire
Ne sont qu'allégories conçues pour assister
Le pauvre esprit humain qui connait maints déboires
Quand il cherche à comprendre sans visualiser.

Il est bien plus facile au croyant ordinaire
D'adresser ses prières au beau sexagénaire

Que lui offrent les peintres, et les sculpteurs aussi,
Qu'à l'abstraction suprême, l'absence de matière
L'infiniment subtil qu'est l'insondable éther...
- Une minute, Seigneur, arrête-toi ici !
Qu'est-ce que de l'éther vient faire là-dedans ?
À quoi ressemble Dieu si ce n'est à un Père ?
Et que serait-il d'autre ? Nous sommes ses enfants !
Plus tu crois m'éclairer, vois-tu, plus je me perds...
Dire que tout ça naquit d'une partie de marelle,
De quatre cabrioles et de deux paires d'ailes,
De trois petits tricheurs qu'il faudrait gendarmer...
- Jean-Pierre, tu me les brises !
                              - OK, OK, OK...
Tu leur donnes raison, je n'ai qu'à m'incliner.
Pourquoi le Fils de l'Homme, pour son amusement,
Ne pourrait se gausser de son pauvre frangin,
Tout ridiculisé par les débordements
De ces trois ectoplasmes pas tout à fait humains ?

- Ne sois pas si amer, il s'agissait d'un jeu.
Le ridicule n'existe qu'au travers de tes yeux.
Aucun des trois enfants ne te voulait du mal.
Ils ont fait mieux que toi, mais c'est un peu normal,
Tu es sur leur terrain. Qu'importe leur victoire,
L'important n'est-il pas...
                              -De jouer et d'y croire !
Je sais, Seigneur, je sais ! Toujours la même chose,
Le compliment qu'on sert, pour qu'ils soient moins moroses,
À ceux qui ont perdu, pour qu'ils restent encore,
Car s'ils abandonnaient, ils causeraient du tort
À la fois aux vainqueurs, et à tous les badauds
Qui moquent les perdant, et saluent les héros...
Veux-tu que je te dise, ça devient fatigant
D'appartenir toujours au plus nul des deux camps !

- Il n'est pas nécessaire de croire pour entreprendre,
Et pas obligatoire, rapporte le proverbe,
De parvenir au but si on sait se reprendre
Pour essayer toujours de conquérir la gerbe.
Qu'il s'agisse d'un jeu, d'une tâche plus grave,
L'important n'est-il pas de se bien comporter,
De toujours faire au mieux, et de se montrer brave,
En usant des moyens par le ciel octroyés ?

Que les moyens diffèrent, on crie à l'injustice,
À l'odieux privilège, à l'inégalité !
On se plaint de subir un affreux préjudice,
On réclame haut et fort dommages et intérêts.
Nom de mon Très Saint Père ! Ces revendications
Paraissent ridicules, pour ne pas dire vulgaires !
Dis-moi, si tu le peux, d'où vient cette invention,
Car jamais la nature n'osa telle chimère !
Même les vrais jumeaux, qui paraissent semblables,
Diffèrent par des points, et ainsi se distinguent.
Et c'est fort bien ainsi, car pour être vivable,
La vie doit nous offrir des sages et des dingues.

Peux-tu imaginer qu'au nom de ce principe
Qui les déclare égaux, les hommes soient identiques ?
Que l'on fabrique un jour un humain monotype ?
Cette idée me paraît diablement utopique.
Et je dis " diablement ", ce n'est pas sans raison,
Car pareille pensée relève du démon.
Cette uniformité qu'à grands cris tu réclames,
D'autres, en d'autres temps, en firent un programme,
Et pour éradiquer toutes les différences,
Ils n'hésitèrent pas à faire s'accoupler
Des hommes sélectionnés pour leur intelligence
Et des femmes choisies pour leur grande beauté.

Pour parfaire cette œuvre on ne peut plus funeste,
Ils osèrent aussi industrialiser
La destruction de ceux, aux talents plus modestes,
Qu'ils n'estimaient pas dignes de leur égalité.

L'égalité, Jean-Pierre, n'a rien de naturel,
Elle se mesure à l'aune des talents de chacun.
C'est dans ses différences que la vie devient belle,
Dans leur acceptation grandit le genre humain.
- Je crois que j'ai compris ce qu'une fois encore
Tu t'efforces, Seigneur, de faire rentrer ici. "
Lui répond le disciple dans un grand effort,
En se touchant le front d'un index contrit.
" L'homme est enfant de Dieu seulement en esprit,
La chair importe peu, elle n'est que véhicule,
Les hommes sont égaux, et les femmes aussi,
Qu'ils soient maigres ou gras, géants ou minuscules.
Il faut faire chacun selon ses qualités,
Ne pas jalouser l'autre pour ses propres talents,
De ses attributs moindres ne pas se moquer,
Et tout sera parfait, jusqu'au dernier instant.

-Tu vois, quand tu le veux, tu sais positiver.
Retourne maintenant jouer avec ces enfants.
Profite de l'instant, sans arrière-pensées,
Et tu pourras trouver ce jeu divertissant.
-Seigneur, si tu permets, j'aimerais davantage
Les emmener pêcher sur le petit étang.
J'aurais, sur ce terrain, peut-être l'avantage…
J'organise un concours…
                              - Ne sois pas concurrent !
J'aurai grand peine encore à calmer ta colère
Quand les trois galapiats usant de leurs pouvoirs
Arracheront de l'onde, attirés par un ver,
Des poissons ignorés même de ton savoir,

Qui en cette matière est grand, je te l'accorde.
- Tu admets donc, Jésus, qu'ils méritent la corde !

- Que celui qui jamais n'a triché ici-bas,
De ses mains innocentes en tresse les torons.
Puis, quand ce sera fait, qu'il sonne branle-bas,
Et commence à courir, car ce petit garçon,
Et ces jeunes pucelles ont un sac à malices
Qui les protègera bien de cette injustice.
- Ainsi soit-il, etcétéra...
                              - Je ne saurais mieux dire. "

Chapitre septième

Quand trois poules vont au champ

Perché sur son vieux chêne, Jésus fumait la pipe.
Il laissait libre cours à des pensées volages
Qui montaient vers les cieux comme de petits nuages
Sur les jets de fumée qu'arrondissait sa lippe.
Les oiseaux pépiaient dans les nids alentours,
Peu soucieux de troubler de leur gai babillage
L'ermite qui, comme eux, habitait le feuillage
Et régnait calmement sur cette haute-cour.

Une voix féminine, aux accents de rogomme
Précède tout à coup au cœur de la clairière
L'arrivée en fanfare de sa propriétaire :
" Cette carte, les filles, se fout de notre pomme ! "
Péremptoire elle froisse l'objet de sa colère
Puis le projette au loin d'un geste un brin rageur.
Mais un souffle, aussitôt, une brise légère,
Se saisit de la carte, la transforme en planeur,
Lui offre une ascendance vers les branches du chêne,
Et la dépose enfin, tout près de son sommet.

Trente mètres plus bas, juste aux pieds des rochers,
La jeune femme jure comme une vraie païenne.
" Y manquait plus que ça ! Vraiment, c'est le bouquet !
Qu'ai-je fait au Bon Dieu pour qu'il me traite ainsi ?
Sans carte, c'est fichu, on ne saura jamais
Retrouver notre route et nous tirer d'ici !

- A en croire, ma vieille, ce qu'il y a peu de temps,
Tu beuglais à propos de cette nappe-monde,
Avec elle ou bien sans, en un mot comme en cent,
Nous nous sommes perdues au bout du bout du monde ! "
Répond à la première une autre jeune femme,
Habillée tout pareil, un grand sac sur le dos.

Une autre encore la suit, complétant le trio
Que l'air et l'exercice tout ensemble affament.
" Faites ce qu'il vous plaît ", annonce la dernière,
" Je n'irai pas plus loin avant d'avoir mangé.
Le coin paraît super pour poser son derrière
Et se taper enfin la boite de cassoulet.
Puis je ferai la sieste, à l'ombre du vieux chêne,
Juste histoire de laisser mes pieds se reposer.
La randonnée est un sport génial pour l'hygiène,
Le tout c'est de savoir ne pas en abuser.

- Ça c'est parler en chef ! " Renchérit la deuxième,
Pas fâchée à l'idée de s'arrêter aussi.
Elle joint le geste au mot, et pour montrer sa flemme,
Laisse choir sur le sol le sac qui la meurtrit.
La première les rejoint en trainant les chaussures,
Car elle est démocrate, à son corps défendant.
Elle aime diriger, mais sans éclaboussures,
Et sent bien que ce n'est pas vraiment le moment
D'imposer à ces dames sa conception puriste
Du retour à la terre et de la randonnée.
Elle s'est déjà trompée, elle a perdu la piste
Il ne manquerait plus qu'elle se fasse engueuler !

Elle dépose son sac et s'assied dessus,
Déracine un brin d'herbe pour le mâchouiller,
Laissant à ses cadettes le soin d'organiser
Leur déjeuner du jour : cassoulet et laitue.

Les plus jeunes s'empressent, sortent les ustensiles,
Une nappe à carreaux – serviettes assorties –
Des couteaux, des fourchettes, et des assiettes aussi,
Et un petit réchaud, objet des plus utiles...
Quand la bouteille est pleine, ce qui n'est pas le cas...
Au grand dam des trois filles et de leurs estomacs !

" Qu'importe ! " clame alors la plus jeune des trois.
" Qu'on me donne un briquet, je rassemble du bois...
- Un briquet ? J'en ai pas. Pas même une allumette ! "
Lui répond son aînée en retournant ses poches.
" J'ai tout jeté avec ma dernière cigarette.
Claboter d'un cancer, je trouvais ça trop moche.
- Je n'en ai pas non plus ; " renchérit la deuxième,
Je n'allume que les mecs, et pour les enflammer,
Je me sers d'un brasier que je produits moi-même,
Mais qui ne serait là d'aucune utilité.

- Laitue, cassoulet froid, et puis château Laflotte !
Mes amies, franchement, il me faut reconnaître
Que la vie avec vous est des plus rigolotes,
Mais qu'en gastronomie, vous n'êtes pas des maîtres !
Donnez-moi l'ouvre-boite, et fi des traditions,
Mes viscères affamés me mènent la vie dure.
Je vais, de cette boîte, extraire trois rations,
Et dévorer la mienne sans autres fioritures ! "

Hélas au moins trois fois ! Après s'être fouillées,
Avoir vidé les sacs et retourné leurs poches,
Nos trois aventurières de bande dessinée
Doivent en convenir : la vie sait être moche !
Pas le moindre ouvre-boite. Pas de boite à outils.
Pas même un couteau suisse, ni le moindre Opinel !
Sur leurs faces fermées on ne lit que dépit,
Et déjà l'on devine que gonfle la querelle.

C'est la plus jeune, encore, car la plus affamée,
Qui la première laisse s'exprimer sa colère :
-" Y'a vraiment ras le bol des histoires de pépées
Quand on vire nos mecs, c'est vite la galère !
Le plus nullard d'entre eux n'aurait pas oublié
De se remplir les poches de petit matériel.
À cette heure-ci, mesdames, nous serions rassasiées,
Et, avec de la chance, ils feraient la vaisselle !

- Tu n'as pas tort, sans doute, de te laisser aller
À ces remarques sur notre peu de cervelle.
Je rappelle quand même " fait remarquer l'aînée
" Que nous avons chanté une autre ritournelle.
Nous étions bien d'accord pour partir en ballade
Sans qu'un élément mâle ne vienne perturber
Notre entente de femmes d'ineptes roucoulades.
Je vous saurais bien grée de le pas l'oublier !
- Le résultat est là ! Si les mecs nous énervent,
Ils se montrent parfois utiles plus que gênants.
Nous voici démunies devant cette conserve,
En train de s'engueuler sans résultat probant ! "

C'est l'instant que Jésus, qui, de l'observatoire
Où il s'était tenu, attentif et discret,
Avait suivi, rieur, la somme des déboires
Choisit, en fin stratège, pour faire son entrée :
" Mesdemoiselles, bonjour ! Dois-je dire mesdames ?
Je ne vois sur vos doigts de trace d'hyménée,
Mais l'époque est à l'émancipation des femmes
Et ce genre de symbole n'est plus toujours porté.
Le détail est pour l'heure sans beaucoup d'importance,
En tout bien, tout honneur, je souhaite vous aider.
Vos maris, ou amis, n'auront, en l'occurrence,
Aucun geste équivoque à craindre de mon fait.
Il vous manque, je crois, un foyer domestique.

Je pense que ce buisson conviendra tout à fait. "
D'un geste nonchalant, un tantinet magique,
Jésus, du bout des doigts, enflamme le bosquet.

" Occupons-nous, ensuite, de l'odieux emballage
Qui protège ce met que vous convoitez tant.
Il me semble qu'on peut en forcer le cerclage
En l'écartant de l'ongle, et en le soulevant. "
Jésus prend d'une main la conserve rétive
Et fait comme il a dit, toujours en souriant.
Les femmes restent muettes. Elles sont admiratives.
Elles remercient bientôt leur chevalier servant :
" Vous êtes merveilleux, et c'est un vrai miracle !
Vous nous sauvez la vie, et cette randonnée !
- Vous me portez, je crois, bien trop tôt au pinacle.
Concentrons-nous, plutôt, sur votre déjeuner "
Réponds Jésus, modeste, qui pose sur les braises
La boite enfin ouverte et lentement remue
La mixture orangée, assis bien à son aise.

Les femmes ne disent mot. Elles sont un peu émues,
Dressent quatre couverts, puis tendent les assiettes
À l'homme qui partage l'unique met du jour.
Il en met tant et tant que les femmes s'inquiètent
À l'idée qu'il pourrait ne pas finir le tour.
Mais fi de cette crainte, chacun reçoit son dû
Largement calculé, saucisses, confit, fayots,
Tant que l'ainée des trois le signale, ingénue :
" Jamais on ne vit tant de saucisses au kilo !
- C'est encore un miracle ! " en rit la benjamine.
" Dommage qu'en fait de vin, nous n'ayons que de l'eau !
C'est bon pour la toilette, mais pour parler bibine,
Je préfère largement un produit de coteaux.

- Ma mère m'enseigna, dans des temps oubliés,

Que c'est là un désir qui vaut d'être exaucé.
Donnez-moi votre gourde, " lui répond Jésus
En désignant, du doigt, l'ustensile en alu.
La femme s'exécute, lui tend le récipient.
Jésus ferme les yeux, se concentre un instant,
Puis, d'un geste serein, dévisse le bouchon,
Et annonce aussitôt : " Je crois qu'il sera bon. "

Il rend le récipient à sa jeune voisine,
Qui le prend, étonné, et y porte la bouche.
Elle goûte, elle en reprend, et déclare, mutine,
À ses deux congénères qui restent plus farouches :
" J'y connais pas grand-chose, et je ne saurais pas
Vous dire, au débotté, ou gamay, ou syrah,
Mais une chose est sûre, c'est que l'eau minérale
S'est transformée en vin, et ça, c'est pas banal ! "

L'ainée, dubitative, se gratte le menton,
Chatouille sa moustache, se récure l'oreille,
Fait " hum, hum " à part soi, et, l'air un peu bougon,
Interroge Jésus sur toutes ces merveilles :
" Dis-moi, joli barbu, d'où te viennent ces dons ?
Tu vas rire sans doute de l'idée saugrenue
Qui vient me chatouiller le fond du guéridon,
Mais... N'essaierais-tu pas de parodier Jésus,
Ce doux rêveur macho qui nous fit tant de mal,
En inventant, un jour, juste pour s'amuser,
Une nouvelle église, dirigée par les mâles,
Dans laquelle les femmes sont déconsidérées ?

- Tu vois, je ne ris pas. L'idée n'est pas si sotte.
Mais je n'imite pas celui que tu citais.
Asseyons ensemble, partageons la popote,
Au cours de ce repas, je te renseignerai. "
Ils font comme il a dit, s'asseyent en silence.

La plus jeune remplit les quatre gobelets.
Jésus lève le sien, leur sourit, et puis lance :
" Un toast vaut mieux, parfois, qu'un bénédicité.
Je bois, mesdemoiselles, à la gent féminine,
Représentée ici par trois pures beautés,
Mais je crains bien qu'elles n'aient, pour moi, pas grande estime...
- Je ne voudrais surtout pas paraître mesquine,
Face au représentant de la gent masculine, "
Répond l'aînée des filles, le regard en dessous,
" Mais la rime en " estime " pour suivre " féminine "
Détruit le compliment, et ne vaut pas un clou !

- J'avais, un court instant, caressé le dessein
De partager en paix ce modeste repas.
Je vois à votre mine, hélas, qu'il n'en est rien,
Et qu'à vos remontrances, je n'échapperai pas.
Je vous écoute donc. Posez-moi ces questions
Qui vous brûlent les lèvres plus que le cassoulet.
J'essayerai d'y répondre sans tergiversations,
Mais remplissez d'abord, de vin, mon gobelet. "

Et tandis qu'il s'abreuve, d'un air mélancolique,
L'aînée des trois prépare, et questions, et répliques :
" Dis-nous, pour commencer, quel est ton patronyme,
Ce que tu fais ici, dans ce lieu oublié,
Et puis, comment tu fis. Nous sommes unanimes,
Tes tours de passe-passe nous ont estomaquées
Mais nous rendent méfiantes... Que veux-tu donc prouver ?
- Prouver, toujours prouver... Ça en devient lassant !
Je le répète encore, je n'ai rien à prouver.
Ce que je fis ici, en un mot comme en cent,
C'est pour être agréable, et vous rendre service.
Vous en aviez besoin. Perdues dans la forêt,
Vous auriez pu subir un terrible supplice.

Il était légitime, pour moi, de vous aider.

Mais prenons au début, puisque vous le voulez.
Je m'appelle Jésus. J'ai plus de deux mille ans.
Je suis né loin d'ici, au fond de la Judée.
Je ne fis pas vraiment la joie de mes parents.
Mon père aurait aimé que je sois charpentier.
Je n'ai jamais trop su ce que voulait Maman...

- Tu sais que, pour ton âge, tu es bien conservé ! "
Minaude, goguenarde, la plus âgée des filles.
" Deux mille ans, c'est un bail, presque une éternité !
La nature a été, pour toi, plutôt gentille.
J'ai trente-cinq ans à peine, et déjà je vois poindre
Ces petits plis de peau qu'on appelle ridules,
Qu'il me faut, chaque jour, l'un après l'autre oindre
De crèmes et d'onguents qui valent la peau du cul.
Et toi, tranquillement, avec ta face d'ange,
T'annonces " j'ai deux mille ans " sans bouger un sourcil !
C'est pas que la folie, crois-le bien, me dérange,
Mais j'ai horreur qu'un mec me prenne pour une bille !

Tes tours de magicien étaient assez bien faits,
Mais de là à penser que tu nous feras croire
Que tu es, pour de vrai, Jésus réincarné,
Franchement, mon bonhomme, tu nous prends pour des
poires !
- Jésus réincarné ! Nom de mon Très Saint Père !
Jamais je n'ai dit ça ! Vous n'avez rien compris !
Je suis ressuscité, ça fait deux millénaires,
Je n'ai aucun besoin d'une autre théorie.
La réincarnation, très chères demoiselles,
Est prônée par certains, dans d'autres religions.
Soyez assez gentilles pour n'être pas de celles
Qui sèment le bazar dans leur propre maison !

À chacun sa croyance, à sa culture soumise,
Et tout sera parfait au jour du Jugement.
À quoi bon, sans cela se mouiller la chemise,
À promouvoir des rites conçus spécialement.

- Excuse-moi, jeune homme, mais je ne comprends guère
Ce que tu viens de dire, devant nous, à l'instant !
Chacune des religions que l'on trouve sur terre
Prône que tous les autres sont des incroyants !
Les croyances s'opposent, jusqu'à se faire la guerre…
- Les hommes les opposent, mais le Père est unique.
- Tu prétends qu'elles sont donc toutes complémentaires…
- Elles ont un même but, seule change la technique.
- Mais alors tous ceux qui, les armes à la main,
Ont massacré au nom de leur divinité…
- Avaient d'autres visées, moins nobles, je le crains,
Que de servir le Père et de Le faire aimer…

- J'aime ce que tu dis, car je goûte assez peu
Ceux qui veulent à tout crin propager leurs idées.
J'en déduis néanmoins que tu nous as trompées,
Car Jésus se disait Fils unique de Dieu.
Son passage sur terre n'avait pas d'autre but
Que d'imposer aux hommes une nouvelle foi,
D'enrôler derrière lui bon nombre d'ingénus
Afin d'être à son tour reconnu comme un roi.
En agissant ainsi, il faisait le contraire
De ce que tu nous dis et qui me semble bon.
Tu n'es donc pas Jésus, et Dieu n'est pas ton père…
Je pense que tu n'es qu'un gentil vagabond.

- Un gentil vagabond ? Après tout, pourquoi pas ?
Si cette idée est seule capable de te plaire.
Pour Jésus toutefois, je ne peux vraiment pas
Laisser réduire ainsi son passage sur terre.

Tout son enseignement eut pour unique objet
De faire évoluer les croyances anciennes,
Afin de remplacer des règles surannées
Et souvent fort cruelles, par d'autres, plus humaines.
Il érigea en dogme, essentiel et unique
L'amour de son prochain comme juste reflet
De l'amour que son Père, qu'on disait tyrannique,
A toujours eu pour l'homme, sans jamais se lasser.

- J'ai été excessive, et je le reconnais,
Dans la façon brutale dont j'ai parlé de lui.
Mais je ne peux laisser dire sans protester
Que cet enseignement dont tu sembles ravi
Marque un réel progrès pour cette humanité
Que tu voudrais défendre. Feindrais-tu d'oublier
La moitié de son peuple et la moitié du monde ?
Les femmes que je sache sont plutôt maltraitées
Par cette religion quelque peu pudibonde.
Juste le droit de pondre, le devoir de nous taire,
Tu parles d'un progrès ! Était-il donc pédé,
Ce jeune homme qui resta trente ans célibataire,
Et refusa toujours les joies de l'hyménée
En cantonnant les femmes à leur rôle de mère
Et à celui d'épouse, sans jamais déroger,
À en croire ces textes, plusieurs fois centenaires,
Dont nous bassinent encore presque tous les curés ?
Je souhaite que tu m'éclaire sur ce sujet précis
Qui nous semble essentiel, bien que laissé pour compte.

- Je comprends ta colère, ton impatience aussi,
Mais je ne suis pour rien dans ce triste mécompte.
Quand j'ai quitté la terre, ma mission accomplie,
Du groupe des disciples les hommes ont pris les rênes.
C'était, en ce temps-là, et en ce lieu aussi,
Une règle commune, une loi souveraine.

J'ai changé tant de choses durant mon court passage,
Et pour ces changements, j'ai fini sur la Croix.
En faire davantage n'aurait pas été sage,
Mais j'ai œuvré pourtant, bien plus que tu ne crois.

Les femmes, de par le monde, sont rarement traitées
De manière aussi juste que dans les religions
Au sein desquelles on croit en ce que j'ai laissé.
- Ai-je l'air, du poulet, posséder le croupion ?
Tu parles, beau jeune homme, comme si tu étais Lui !
- Me conduire autrement serait un lourd mensonge,
J'étais Jésus alors, et encore je le suis.
- Admettons, après tout, si vraiment ça te ronge,
Et reprenons le cours de la discussion.

Résumons le propos que tu voudrais nous voir
Accepter de ta part, mais sans démonstration.
Les femmes, prétends-tu, seraient de moindres poires
Dans les peuples qui ont suivi ta religion.
Nous sommes loin pourtant, où que ce soit sur terre
D'avoir les mêmes droits que les testiculés !
C'est à se demander si nos pauvres ovaires
Ne sont que des sous-glandes, de pâles succédanés !
Comment se pourrait-il qu'il en soit autrement ?
À t'entendre tu es champion d'égalité.
Les femmes n'ont pourtant, dans ton enseignement,
Que la portion congrue, la part de charité !
Elles sont mères, ou épouses, ce sont leurs qualités.
Quand celles-ci leur manquent, elles ne sont que putains.
Qu'attendre d'autre, en fait, d'un mec aussi coincé
Qui ne connût d'amante, sans doute, que sa main,
À en croire les textes qui nous furent laissés ?
Tu es bien mort puceau, à trente-trois balais !

- Je ne suis pas l'auteur des textes que tu dis.

D'autres se sont chargés d'écrire l'Évangile.
Mais ils avaient alors autre chose à l'esprit
Qu'en faire une saga pour amateur d'idylles.
Replace ces écrits dans le temps et l'espace
Où, par mes chers disciples, ils furent rédigés.
Dans cet enseignement, il n'y a pas de place
Pour nombre de détails qui lors furent oubliés.
Pourtant, je te le dis, les femmes dans notre groupe
Avaient leur importance bien plus que tu ne crois.
Mères, sœurs ou compagnes, elles étaient de la troupe
Bien souvent le ciment, et le cœur et la Foi.
Et dans les années noires, nombreuses elles s'engagèrent
Pour propager partout le message d'Amour.
Au péril de leur vie, au risque de leur chair,
Elles bâtirent l'Église plus souvent qu'à leur tour.
Personne, aux temps anciens, ne les sous-estimait,
Car elles étaient ardentes, toutes entières engagées,
Soutenant les maris, élevant les enfants,
Si l'histoire avançait, c'est par leur truchement.

- Tes arguments se tiennent, on a envie d'y croire.
On en oublierait presque, à t'entendre parler
Que tu occultes encore, dans toutes tes histoires,
Le sujet essentiel, seul digne d'intérêt !
Le sexe, qu'en fais-tu ? Jamais tu ne l'évoques !
C'est de ce sujet-là, pourtant, que j'aimerais
T'entendre disserter, mais chez toi il provoque
Un blocage total ! Faut t'faire analyser ! "
Chez l'aînée des trois femmes s'expriment avec vigueur
Toutes les frustrations du début de journée.
Elle s'est mise debout, les yeux pleins de fureur,
Et toise de là-haut, les deux mains aux côtés,
Jésus toujours assis qui contemple ses pieds.

La plus jeune, mignonne, aimerait bien aider

Ce jeune homme un peu gauche et si attendrissant :
" Excuse ma consœur, elle s'écoute parler,
Elle fait de grandes phrases, use de mots savants,
Et si elle n'a pas tort, sûrement elle pourrait
T'expliquer en un mot où naissent ses diatribes.
Nous avons toutes trois, sur ce sujet précis,
Un vécu dont tu dois connaître quelques bribes.

Notre aînée, qui t'agresse, est mère de deux petits.
Des enfants de l'amour, nés de différents pères.
Mais aucun de ces hommes ne méritait, sans doute,
De partager sa vie plus que le nécessaire.
Chacun d'eux un beau jour a pris une autre route,
La faisant par deux fois mère célibataire.
La seconde, qui se tait, et baisse un peu la tête,
Vit sans homme elle aussi, ne trouve pas ça chouette.
Elle partagea la vie de mâles un peu trop fiers,
Dont aucun n'accepta, mon Dieu qu'ils étaient bêtes !
Qu'elle goûte son métier bien plus que les enfants.

Quant à moi, qui des trois suis de loin la jeunette,
De mes amies aînée je n'ai pas un instant
Accepté de connaître la pénible expérience,
En subissant itou quelconque dépendance,
Dans ma vie, dans mon cœur et mon appartement.
Je suis seule pour conduire les pas de mes vingt ans.
Dans quelques mois, pourtant, j'assumerai, tranquille,
La venue d'un enfant qui n'aura pas de père.
Ce n'est pas si fréquent, même au cœur de la ville,
Mais de l'avis des autres je n'ai vraiment que faire.
D'ailleurs, qui nous condamne ? Qui nous jette la pierre ?
La civilisation a depuis si longtemps,
En ces matières là, renoncé à le faire.
Seul un vieil homme, à Rome, au cœur du Vatican,
Appelle sur nos têtes le courroux de ton Père.

L'Église nous rejette, elle nous montre du doigt,
Mais que peuvent comprendre tous ces célibataires
Aux élans de nos corps, aux besoins, aux émois,
Quand ils ont condamné jusqu'au terme de chair ?
Pourquoi nous jugent-ils ? Nous ne le faisons pas.
En quoi notre conduite interdit-elle la Foi ?

- Elle ne l'interdit pas, comment le pourrait-elle ?
Seul de là-haut mon Père sait lire au fond des âmes,
Et déceler sous des comportements charnels
Parfois provocateurs l'existence d'un drame.
Car à vous écouter, une question s'impose :
Pourquoi l'avis du Pape vous fait-il tant de mal ?
Une sérénité à une autre s'oppose.
Vous n'êtes pas sereines, et ce n'est pas normal.
Voilà le vrai reproche qu'à l'Église l'on dresse.
Car ce n'est pas l'amour qu'à tout crin elle combat.
Elle cherche seulement à séparer la fesse
Du noble sentiment dont elle n'est qu'un appât.
Descartes, en ce pays, et dans cette culture,
Prétextant le progrès, vous a beaucoup volé,
En donnant à l'Amour, pour seule sépulture,
La puissance de l'esprit en système érigée.

Vous divisez la vie en chapitres bien clos,
Pensant que chacun d'eux se suffit à lui-même.
Vous voulez fabriquer le bonheur par morceaux,
Mais vous mélangez tout, le gâteau et la crème !
Ce siècle est devenu le siècle de l'ego.
Il n'est point de salut hors du culte du Moi.
Mais le bonheur, mesdames, se cache bien plus haut.
Il faut, pour le trouver, regarder sous le Toi.
Fonder une famille, concevoir un enfant,
Une fois seulement assurée la carrière,
Ce sont des objectifs planifiés dans le temps,

Les signes extérieurs d'un parcours exemplaire...
Et le meilleur moyen de rester sur le quai
Quand passera le train, au joli mois de mai...

Voilà ce que le Pape, du haut de son fauteuil,
Cherche à faire comprendre aux hommes de ce temps.
Il ne condamne pas, il n'a pas cet orgueil.
Chacun des hommes est libre de son jugement.
Vivez, si vous voulez, en suivant vos idées,
Mais assumez vos choix, soyez en responsables.
Mon Père m'envoya sur terre pour vous guider,
Pas pour vous condamner, je ne suis pas le diable !
Le secret du bonheur est à portée de main,
Mais pour qu'il s'y dépose, il faut qu'elle soit ouverte.
Sortez vos mains des poches, aimez votre prochain.
Sachez ne pas compter pour éviter les pertes. "

L'ainée va répliquer... La plus jeune la coupe :
" Je te sens notre ami, ainsi tu as parlé.
Il est temps maintenant de reformer la troupe
Et de tailler la route, emportant tes pensées...
Il nous faudra sans doute marcher encore longtemps
Pour réussir à vivre ainsi que tu disais.
Mais je vais de ce pas chercher pour mon enfant
Ce père qui lui manque, et que je refusai.
Je souhaite que ça marche... Je promets d'essayer.
La voie que tu nous montres paraît plus constructive
Que celle qu'aveugle et sourde jusqu'alors je suivais.
Vivre seule nous semblait être l'alternative
À ce pouvoir des mâles qui nous obsédait tant
Qu'à lutter chaque jour, et depuis si longtemps,
Nous les avons tous mis dans le même paquet.
Jamais je n'oublierai, je crois, ce cassoulet !

Allons mesdames en route, sac au dos ! Nous partons.

Le chemin nous appelle, il nous faut retourner,
Le cœur enfin léger, aérer nos maisons.
Leurs portes, grandes ouvertes, seront notre fierté. "
Les trois femmes s'en vont, sans se tromper de route.
À peine ont-elles franchi le détour du chemin
Que Jean-Pierre paraît, mâchant un casse-croûte,
Qu'il fait bientôt descendre d'une gorgée de vin.
" Belle leçon, Seigneur, t'as pas perdu la main,
Mais toi aussi, Jésus, tu plies face au progrès.
En d'autres temps tu as multiplié les pains.
Ça avait plus d'allure qu'une boite de cassoulet !
- Sans doute mon ami, mais qu'importe le met,
Si les panses bien pleines libèrent enfin l'esprit.
Il nous en coûtera une série de pets
Que l'air de la forêt aura vite éclairci.
- Parce que les filles pêtent ? Maman m'aurait menti ! "

Chapitre huitième

C'est quand qu'on fesse ?

Jésus, cette soirée, on était vendredi,
S'amusait à confesse à laver les esprits.
Non que Notre Seigneur goutât cette pratique,
Mais les ouailles exigeaient que ce Saint Sacrement
Fut, une fois la semaine, il faut être logique,
Remis au goût du jour, comme au temps des parents.

Le jeune homme, on s'en doute, de la cérémonie,
Avait passablement dépoussiéré le rite.
L'assemblée se tenait, patiente et recueillie,
Au cœur de la chapelle, bien loin de la guérite
Où des générations de pénitents honteux
S'étaient nettoyé l'âme et meurtri les genoux,
Inventant, au besoin, des pêchés bien juteux
De peur de provoquer du prêtre le courroux
En ne présentant pas une liste complète
Des manquements divers aux Saints Commandements.
Le soupçon, en ces lieux, d'une faute secrète,
D'un oubli volontaire, était plus infâmant
Que l'accumulation d'Ave et de Pater
Que chacun se devait au sortir de son tour,
De marmonner tout bas en regardant par terre,
Pour payer son tribut au confesseur du jour.

Jésus, de la corvée quasi hebdomadaire,
Avait fait une fête. Il le faisait de tout.

93

On se précipitait, quand sonnait la retraite,
Pour l'écouter parler, et de rien... Et de tout.
Chacun intervenait, quand il le jugeait bon.
Les autres l'entendaient, puis donnaient leur avis.
On partageait ainsi le mauvais et le bon,
Puis l'on s'en retournait, pardonné et ravi,
Après avoir prié, mais sans ostentation,
Et chanté des louanges sur fond d'accordéon.

La nuit était tombée, et l'assemblée, en liesse
Se disloquait déjà, l'église de vidait.
L'on se retrouverait dimanche pour la messe,
Histoire, une fois encore, de rire et de chanter.
Mais alors qu'il allait s'en retourner aussi
Vers la caverne qui abritait l'ermitage,
Jésus crut percevoir un drôle de petit bruit,
Comme fait une cocotte quand chauffe le potage.

Le soyeux chuchotis susurrait son secret
Sans s'essouffler jamais, de derrière un pilier.
Le Fils de l'Homme avance en direction du son,
Et tombe nez à nez avec un pénitent
Qui récite, à voix basse, comme autant de leçons
Les prières classiques qu'on apprenait avant.
Il s'approche de lui. C'est encore un enfant.
C'est à grand peine que, sous son nez boutonneux
L'ombre d'un duvet brun le fait adolescent.

Il tourne vers Jésus ses immenses yeux bleus.
-" Veuillez me pardonner, mon Père, s'il vous plaît,
Car j'ai péché, je crois. Mes pensées sont impures.
- Je ne suis pas ton père, tu m'en vois désolé,
Mais je n'ai, en ce monde, pas de progéniture.
Appelle-moi ton frère, et ce sera parfait.
- J'aurais juré, pourtant que la cérémonie

Qui se tint en ces lieux était par vous menée...
- Je suis, tu as raison, berger de ces brebis
Qui viennent à l'instant de gagner leurs foyers.
Je parle au nom du Père, il est le mien aussi.
En frères partageons cette fraternité.

- Je ne vous comprends pas. C'est " Père " que l'on dit
Au prêtre qui assure office et sacrements.
Vous êtes celui-là, moi-même je vous vis
Remettre leurs pêchés à tous vos pénitents.
- Je le fis, tu dis vrai, mais j'affirme pourtant
Que je ne suis ici le père de personne.
Et qu'importe, d'ailleurs, le titre qu'on donne aux gens !
Nous sommes loin, je crois, des chaires de la Sorbonne !
Il me faut avouer, je n'en fais pas mystère,
Que j'exerce ici-bas un drôle de ministère
Car jamais je ne fus, dans aucun séminaire,
Formé pour enseigner la parole du Père.

- Mon Dieu ! Que dites-vous ? C'est le pire des pêchés !
Parler au nom de Dieu sans être autorisé
Par Monseigneur l'évêque, ou par le Très Saint Père !
Vous avez pris, je crois, un aller pour l'enfer,
Sans espoir de retour. Dieu comme je vous plains...
- Tu souffres, je le sais, alors que je vais bien,
Et pourtant tu t'inquiètes de ma destinée.
Tu es bon, c'est certain. Tu peux t'en retourner.
Je remets tes pêchés, ils ne sont pas bien graves.

- Voici qui est étrange, je me sens presque bien,
Comme si vous aviez libéré mes entraves.
Quel pouvoir est-ce là ? À quel rite païen
Dois-je ce sentiment de bonheur et de paix ?
Vous n'êtes pas prêtre et paraissez me comprendre
Mieux qu'aucun ordonné n'y arriva jamais.

Êtes-vous magicien ? Ou sorcier ? À tout prendre
Ces hypothèses-là me conviendraient assez.
Je craindrais, plus encore, que ces idées étranges,
Celle qui m'apprendrait que depuis tant d'années,
Je me suis fourvoyé, je me suis trompé d'anges,
Et de saints, et de culte, et même de Dieu, peut-être...

Mais non, c'est trop facile, je n'ai pas fait d'aveu !
N'ai montré ni regret, ni air de repentance.
Je n'ai pas réclamé la clémence d'un dieu,
Je n'ai, prix du pardon, pas même de pénitence !
Un seul être est assez et retors et subtil
Pour offrir comme ça, sans le faire payer,
L'oubli des choses dures, des moments difficiles.
Vous êtes Satanas ! Rendez-moi mes pêchés ! "

Jésus, nonchalamment, secoue un peu sa manche.
Une colombe en sort, qui s'envole aussitôt
Elle monte vers la voûte, s'accroche à une planche,
Et de là, pragmatique, balance son guano.
Le jeune homme, en tremblant, a suivi le prodige,
Puis le vol de l'oiseau jusques à son perchoir.
La chute de la crotte attire son regard
Vers le bas de l'estrade où l'autel s'érige.
Puis il lève la tête pour retrouver l'auteur
Du lâcher sacrilège, et constate, atterré,
Que la voûte de bois a pris de la hauteur
Et offre à son regard un plafond étoilé.

" Nous serons, " dit Jésus, de sa voix toujours douce,
" Bien plus à l'aise ici pour discuter un peu,
Qu'au cœur de la chapelle. Assieds-toi sur la mousse,
Et laisse-moi te dire ce que je sais de Dieu.
Tu comprendras, alors, que si tu t'es trompé,
Ce n'est pas de chemin, celui-ci est unique,

Mais sur ce seul chemin, il y a pour marcher
De nombreuses écoles, et autant de techniques.
Ce qui importe, en fait, c'est d'arriver au bout,
Bien plus, quoiqu'on en dise, que les pas qu'on y fait,
Et il est ridicule de se casser le cou
En passant tout son temps à regarder ses pieds.

- J'ai du mal à vous suivre, monsieur Je-ne-sais-qui.
Vos histoires de route m'embrouillent les pensées,
Déjà fort ébranlées par vos tours de magie.
Dites-moi, je vous prie, qui vous êtes. S'il vous plaît.
- Je m'appelle Jésus
                        Mais Jésus qui ? Bon sang !
- Jésus de Plouménez. C'est mon seul patronyme.
- Jésus de Plouménez ! Vous m'en direz autant !
Je ne comprends toujours pas à quoi tout ça rime !
- Tu cherches avec ta tête. Ouvre plutôt ton cœur,
Les choses aussitôt te paraîtront plus claires.
Tu crois que je me moque. Fais taire ta rancœur,
Laisse-toi respirer, et parle-moi en frère.

Nous sommes seuls, tu le vois, dans ce paisible bois,
Plus isolés qu'au sein d'un noir confessionnal.
Et confesse, qu'est-ce que c'est, franchement, dis le moi,
Sinon le sourd besoin de raconter son mal,
De le sortir de soi, d'en partager le poids,
En le confiant à l'autre, qui aime et qui reçoit ?
Qu'importe l'étiquette ? Qu'importe l'emballage ?
Leur seul objet n'est-il pas d'aider au partage ?

- Vous dites vrai, peut-être, et peut-être que non.
Vos paroles paraissent, pour ce j'en connais,
Porter un message fort qui parait moins abscons
Que le sont aujourd'hui bon nombre de balais.
Qu'ai-je à perdre, après tout, à vous confier mes fautes ?

Au pire, m'ayant roulé, vous le direz à d'autres,
Ensemble vous rirez de ma naïveté
Et vous vous moquerez de mes pauvres pêchés.
Si ce n'est pas le cas, si vraiment vous avez
Ie pouvoir de m'entendre et de me pardonner,
Je serais le plus sot des sots de ce pays
De n'en profiter pas, de demeurer meurtri...

- Ce pouvoir, si je l'ai, c'est que tu le confères.
Il n'existe, en effet, que grâce à la confiance.
Laisse parler ton cœur, fais taire ta méfiance,
Et je serai capable d'écouter comme un frère.
- À Dieu vat
                - C'est le cas
                            - Mais par où commencer ?
- Tu paraissais pourtant avoir à confesser
Des pêchés au kilo. L'aurais-tu oublié ?
- Sans formule pour guide, je me sens empêtré,
Et ces mots que j'appris depuis mon plus jeune âge
Me font ici défaut, car vous n'en voulez pas.
- La forme importe peu, si elle n'est qu'une cage.
Dis les mots que tu veux, et Dieu les comprendra.

- Pardonnez-moi, mon père, car j'ai pêché je crois...
- ... ?
- Vous êtes sensé, là, poser une question.
- Mais tu ne m'as rien dit qui justifie, ma foi,
Que j'exige de toi, déjà, des précisons.
- Il parait primordial, pourtant, que vous sachiez
La dernière fois que je me suis confessé !
- Si vraiment ça t'importe, je t'écoute, dis-le moi.
- C'est que cette fois-là remonte à plus d'un mois !
- C'est beaucoup ?
                        - C'est énorme ! Une fois par semaine
Est un rythme normal, du moins en ce domaine.

- Je serai, en ce cas, cinq fois plus attentif,
Et te prie de vouloir remonter dans le temps
Afin de m'expliquer comment toi, si croyant,
Tu as pu négliger ce rythme impératif.
- C'est que la honte au front,
J'ai calé chaque fois au portail de l'église,
Mais je suis résolu à gommer cet affront,
Que je fis au Seigneur, et par votre entremise,
De cette lâcheté je demande pardon,
Autant que du péché qui en est responsable.

- Laisse donc de côté ces fautes un peu bidon,
Viens-en à l'essentiel, allez, mets-toi à table !
Quand nous aurons traité du fonds de ton secret,
Les questions subalternes d'elles-mêmes se résoudront.
Les branches d'un fruitier ne peuvent exister
Quand de l'arbre en question on a ôté le tronc.
Assez tergiversé ! Il est temps de plonger !
Dis-moi ce que tu veux que le Père te pardonne.
- Oui ! Vous avez raison ! Je suis bien décidé !
Je n'ai que trop tardé, cette fois j'abandonne.
Je vais tout vous conter, vous dire mon secret…

J'ai, depuis quelque temps, des moiteurs importunes
Quand je croise les yeux d'une personne qui
Loge près de chez moi, et, sans malice aucune,
Me salue de la tête et toujours me sourit.
Mon cœur s'emballe alors, et ne se calme pas,
Même lorsque je suis, à l'orée de la nuit,
Revenu dans ma chambre, que je me mets au lit.
Je m'endors et je rêve qu'elle est là, près de moi.
L'émotion qui m'étreint m'entraine alors, hélas,
A des extrémités qui voient ma main rebelle
Procurer à mon corps un bien-être charnel
Au mépris de mon âme, qui se détourne, lasse…

- La chose est d'importance, et mérite débat.
Deux éléments s'y mêlent, qu'il faut, chacun leur tour,
Analyser ici, car on parle d'amour,
Sentiment et pulsion, émotions et ébats.

Quand mon Père fit de l'homme un être à Son Image,
Il n'avait sous la main qu'un mammifère poilu,
Qui vivait en troupeau, qui mangeait des feuillages,
Et n'avait pas encore conscience d'être nu.
Chez ce primate ultime, les affres de l'amour
Se limitaient alors, juste une fois par an,
A des accouplements, l'espace de quelques jours,
Dans le but, instinctif, de faire des enfants.

La survie de la race exigeait ces ébats,
Et pour les obtenir, la nature, efficace,
Usa de stratagèmes subtils et délicats
Qui prirent femelles et mâles ensemble dans leur nasse.
Notre Père a choisi ce curieux mammifère
Pour porter les espoirs de la vie sur la terre.
Il en fit son champion, et presque son égal,
Le fit dépositaire du souffle de l'Esprit,
Mais sans avoir ôté sa partie animale,
Qui est cause, aujourd'hui, de l'un de tes soucis.

L'esprit, en théorie, domine le physique.
Je dis en théorie, car nombre d'expériences
Prouvent qu'en ce domaine, maintes fois, la pratique
Voit l'esprit succomber à l'empire des sens.
Les hommes, des femelles, accusent les appâts,
Les femmes disent que les mâles ne pensent qu'à ça…
La nature mammifère est seule responsable
De ces élans soudains, parfois incontrôlables.
Le vrai pêché, crois-moi, sur ce sujet précis,
Consiste, par ces pratiques, à faire souffrir autrui,

En profitant d'un corps qui s'offre en innocence
Parce qu'amoureux il est donc sans méfiance.

Quant à la propension qui aujourd'hui t'habite
Et qui te voit, la nuit, soumis à tes pulsions,
Brûler ton énergie en extases subites
Autant que solitaires... mais mon pauvre garçon,
C'est là une pratique assez habituelle
Chez les gens de ton âge que troublent les afflux
D'hormones, ces substances tout à fait naturelles...
C'est un apprentissage, que te dire de plus ?
Que c'est bien ? Certes non ! Ce n'est pas mal non plus !
Il faudrait simplement contrôler la fréquence,
Que la chose, de moyen, ne devienne pas but.
L'histoire s'arrangera aux prochaines vacances...

- Mais que dites-vous là ? J'ai peur de vous entendre !
Le sexe ne doit-il pas seulement concerner
Les époux réguliers, unis dans l'hyménée,
Ceux qui pour consommer l'union ont su attendre
Que Dieu et l'assemblée des croyants réunis
Bénisse leur mariage...
                              - Ça, je n'l'ai jamais dit !
Moi, j'ai parlé d'amour, pas de formalités !
Le seul engagement qui devant tous prévale,
C'est celui que se donnent, en toute intimité,
Un homme et une femme, sans besoin d'autre aval
Que celui de leur cœur, celui que Dieu connaît.
L'amour et le respect, voilà ce qui importe !
Prendrait-on mon Pater pour un gratte-papier ?
Comment l'Église peut-elle oser fermer sa porte
À ceux qui s'aiment au point de pouvoir tout braver ?

Pas de cérémonie ? Belle affaire vraiment !
Faut-il être stupide pour croire plus important

Le respect de la forme, au détriment du fond !
Pardonne, petit frère, ces propos un peu vifs,
Je ne supporte pas les règlements abscons.
En ce qui te concerne, il n'y a pas motif
À te croire pêcheur, sur ce sujet au moins.
Tu peux rentrer chez toi, rassuré sur ce point.
Continue à aimer, rien n'est plus important,
Et transmet le bonjour, pour moi, à tes parents.

- C'est que ce n'est pas tout. La personne que j'aime,
Et dont j'ai la faiblesse de m'espérer aimé…
- Est un autre garçon, ça aussi je le sais.
Doit-on considérer cela comme un problème ?
Je sais que nombreux sont ceux qui, sans les comprendre,
Condamnent sans appel ces mœurs particulières.
Ils vont, dans ce domaine, même jusqu'à prétendre
Qu'elles sont contre nature : la chose est singulière !
Car la nature seule est ici à blâmer.
Tu n'es vraiment pour rien dans la voie qu'elle t'impose.
Vis ta vie comme elle vient, qu'elle soit bleue ou bien rose,
Et laisse les censeurs à leurs sombres pensées.

Eux seuls sont les pêcheurs, qui condamnent l'amour,
Au nom d'un règlement qui ne doit rien à Dieu.
Ils veillent jalousement sur une basse-cour
Dont ils ne sont que coqs, criards et vaniteux.
Laisse les caqueter, les deux pieds dans la fange,
Et offre-leur ainsi l'impression d'exister.
Ce sera de ta part faire montre de pitié
Que de laisser râler ces vieux cons qu'on dérange.
Ils ne sont pas méchants, en règle générale,
Mais leur stupidité, en système érigée,
Peut être dangereuse et devenir fatale.
Leurs aïeux m'ont tué, voici deux mille années…

Face à cette menace, dis-toi que la sagesse,
Qui prétend que bonheur n'est pas publicité,
Est le meilleur moyen de protéger tes fesses
Pour vivre heureux il faut savoir rester discret. "

Jésus attrape alors le jeune homme à l'épaule,
L'attire contre lui, et le tenant serré
Lui donne sur la joue un fraternel baiser,
Puis, du doigt, lui indique une rangée de saules.
" Laisse tes pas longer la berge du ruisseau,
Et tu retrouveras le chemin de l'église.
Va en paix, petit frère, sache quoiqu'on en dise,
Rien n'est lavé plus blanc que le nouvel homo. "

Chapitre neuvième

Un pot local

Jean-Pierre, ce matin-là, assurait le ménage.
Il balayait la grotte où vivait son ami,
En braillant à tue-tête des chansons d'un autre âge
Que la morale m'oblige à ne pas dire ici.
Arrive, dégoulinant mais les fesses serrées,
Un étrange quidam qui tient à la main gauche
Un cartable de cuir solidement fermé,
Qu'il serre comme s'il craignait que quiconque le fauche.

Avisant le disciple qui a cessé sa tâche,
Et l'attend calmement, appuyé au balai,
Un sourire goguenard soulevant sa moustache,
Il l'apostrophe ainsi, en langage châtié :
" Excusez-moi, mon brave, d'oser vous déranger,
Mais je suis confronté à d'étranges pratiques.
Peut-être pourriez-vous m'en dire la logique,
En m'expliquant comment je me trouve trempé
Et perdu dans ce bois, quand je devrais pourtant
Être dans la chapelle du village à côté,
Tâtant du bout des doigts l'onde du bénitier,
Afin d'en vérifier l'approvisionnement.

- C'est que, mon cher monsieur, vous avez mis le doigt
Sur un très grand mystère qui ne s'explique pas.
La chapelle où vous fûtes est par son bénitier,

Et par son baptistère, liée à la rivière.
Dans le cas bien précis ou la chapelle est vide,
Dans ce cas seulement, cette règle est limpide,
Quand vous plongez dans l'un une main ou un pied,
Vous surgissez de l'autre, on ne peut rien y faire.

Permettez maintenant qu'à mon tour je demande
Un éclaircissement quant à votre mission.
Vous avez en effet dit " vérification "...
- J'ai dit " vérifier ", et je vous réprimande
Pour déformer ainsi un langage officiel !
Car si, mon cher monsieur, vous voulez qu'on s'entende,
Il faut être précis, concis, et substantiel.

- Ce drôle de paroissien m'échauffe un peu les glandes ! "
Se dit, mais in petto, le disciple barbu.
" Méfions-nous du bonhomme, car bien que l'on prétende
Que l'habit d'un saint homme peut cacher un faux-cul,
Le costard d'icelui n'est pas de contrebande !
C'est un fait-suer réel, mon instinct là-dessus
Ne me trompe jamais. Je veux bien qu'on me pende
Si cet habit étroit n'émarge pas au rôle
Du vaisseau de l'État. Le visage du drôle
Est un indice de plus. Sois prudent mon p'tit gars".

Et puis, à haute voix, pour l'interlocuteur :
" Vous avez, cher monsieur, parfaitement raison.
Rien n'est plus important que la précision,
Je m'en vais appliquer cet adage sur l'heure.
- Vous m'en voyez ravi, je le prouve illico,
En vous explicitant ma mission tout de go,
Sans qu'il soit nécessaire pour vous d'interroger.
Comme je le disais, je venais vérifier
Si le bénitier sis dans votre chapelle
Offre, tant au badaud qu'au plus fervent croyant,

Une eau bénite pure, de source naturelle,
Et qui soit, de surcroît, en volume suffisant.
Je suis, pour cet objet, missionné par en haut...
- Par Dieu, voulez-vous dire ? La chose est singulière !
- Par Dieu ! Vous divaguez ! Ne faites pas l'idiot !
Comprenez que je viens tout droit du ministère.
- Il existerait donc un ministre de l'eau ?
Ou, plutôt, s'agit-il de l'Environnement ?
- Que nenni, mon ami, que vous êtes ballot !
C'est de commerce dont je vous parle céans.
Direction Régionale de la Consommation,
Et qui assure aussi, des fraudes, la répression.
Sous-Direction des Cultes et Services Associés,
Sciences Divinatoires et Festivals d'Été,
Service des Accessoires et Fournitures Diverses,
Sous-Service de l'Eau, des Bougies et des Quêtes,
Bureau de l'Eau Bénite... Vous avez mon adresse.
- J'en reste abasourdi ! Encore une requête...
Que faites-vous vraiment ? Quel est votre métier ?
- Je viens de vous le dire ! Seriez-vous donc bouché ?

J'œuvre pour le service des chalands innocents
Que la duplicité de certains religieux
Pourrait priver de l'eau qu'on doit normalement
Trouver en quantité dans chacun de ces lieux,
Église, temple ou mosquée, dédiés à la prière.
Je suis sur le terrain, un ou deux jours par mois,
Car le reste du temps j'emplis des formulaires
Dûment répertoriés, où je dresse constat.
S'ensuivent, dans certains cas de carence avérée,
Lettres de remontrances, amendes, et pis encore,
Convocation ad hoc par voie de référé,
Et puis condamnation par contrainte de corps !
- Pour un peu d'eau bénite ! N'est-ce pas un peu fort ?
- Rien n'est jamais trop fort pour protéger l'État !

- Mais enfin, en ce cas, expliquez-moi encore
En quoi l'État français, qui est laïc, je crois,
Doit être concerné par l'eau des lieux de culte ?

- C'est peut dire, mon ami, que de vous dire inculte !
La religion ici n'a aucune importance.
Cette eau est un produit, qui, comme tous les autres,
Doit être contrôlé, d'autant que les vacances
Attirent en Bretagne d'autres ouailles que les vôtres,
Et que l'État se doit, dans sa grande sagesse,
D'éviter qu'ils ne soient tondus plus qu'à leur tour.
- Tondus ! Nos pratiquants ! Ça me fait mal aux fesses !
L'eau bénite est gratuite, et n'appelle en retour
Qu'une quête modeste, une obole dans un tronc,
Une simple prière, juste pour dire merci !

- Cette façon de voir n'a plus cours, mon garçon.
Tous ces statuts bizarres sont peu à peu proscrits.
Tout échange entre un bien, ou encore un service,
Et une somme en retour, calculée en euros,
Ou bien représentée par un autre service,
Ou même un autre bien – tous ces cas sont légaux-
Est un contrat de vente, même sans bénéfice,
Et fera donc l'objet, aux services fiscaux,
D'une déclaration, cerfarépertoriée
Qui servira de base au calcul de l'impôt,
Quelle que soit sa nature. Le montant calculé
Sera subséquemment, sans centimes d'euros,
Versé au TPG, qui fournira quittance.

- Je crois, mon pauvre ami, que vous êtes frappé !
Vos propos en ce lieu relèvent de la démence.
Jamais, dans une église, l'eau ne fut mesurée !
Et comment voulez-vous, s'il vous plaît dîtes-moi,
Taxer une prière, qui deviendrait service ?

Comment la mesurer ? Et en fonction de quoi ?
Voudriez-vous aussi imposer les offices ?
- La TVA s'applique également ici,
Pourquoi devrait-on faire exception dans ce cas ?
Je vais vous donner le modus operandi,
Ce n'est pas bien sorcier, avançons pas à pas.

Traitons, en premier lieu, de la question " prière ".
Il faut déterminer si l'on agit pour soi,
Ou si l'on prie pour d'autres, en tant qu'intermédiaire.
- Quelle est la différence ? On prie dans les deux cas !
- Quand on agit pour soi, il n'y a rien à dire,
Chacun est libre, ici, de gaspiller son temps.
Mais quand on prie pour d'autres tout devient différent,
C'est une prestation qu'il convient sans soupir
De tarer au plus juste en mesurant le temps
Passé à l'accomplir. Le salaire minimum
Interprofessionnel peut, ici s'appliquant,
Constituer l'assiette de l'impôt, dont la somme
Sera subséquemment reversée au Trésor.

Un office sera mesuré autrement.
On comptera les ouailles qui pratiquent encore,
On les baptisera du terme de " clients ",
Puis on appliquera sur ce nombre restant
Un coefficient, puisé dans une table,
Rendant ainsi la chose un peu plus mesurable.
Puis l'on dénombrera tous les communiants,
Et transformant ainsi chaque hostie en assiette,
On pourra établir, comme pour un restaurant,
Un nombre de couverts. Dans cet esprit, la quête
Sera considérée comme prix du service,
Et aussitôt taxée comme un vrai bénéfice,
En complément, bien sûr, du montant principal,
Assis, comme il se doit, sur le chiffre total.

CQFD comme on dirait dans mon école !
- Vous êtes écolier ! Laissez que je rigole !
- La chose n'a, pourtant, rien de bien amusant.
- Votre quadragén'air, vos cheveux grisonnants,
Ce front haut, dégarni, et ce costume sombre…
Les indices nombreux que, sur vous, je relève
Auxquels j'ajoute encore pour renforcer leur nombre
Le fait que vous disiez – ce n'était pas un rêve –
Que vous travailliez dans l'administration,
Collent assez peu, mon cher, aux idées que l'on a
D'un écolier studieux usant son pantalon
Sur les bancs d'une école…
                            -    Oui mais là, c'est l'ENA !
C'est que je suis stagiaire, en cours de formation,
Car je veux devenir élite de l'État.
Je m'en vais illico vous chanter ma chanson,
Vous comprendrez alors mieux ce que je fais là.
Prêtez-moi donc l'oreille, et puis votre guitare,
Et écoutez ce blues en fumant un pétard ! "

Jean-Pierre, abasourdi par ce revirement
Tend à son vis-a-vis sa guitare électrique,
Et tandis que l'énarque accorde l'instrument,
Goûtant peu le pétard, il croque dans sa chique,
Puis pose à terre son cul. Religieusement,
S'apprête à écouter l'autre qui dans sa tête
Révise ses accords et ses enchaînements
Avant de balancer sa chanson à tue-tête :

" Je mets toute mon intelligence
Au service de l'État
J'passe mon temps à taxer la France,
Mais faut dire que l'État c'est moi !
J'ai consacré tout' ma jeunesse
À bosser pour y arriver.

J'suis trop poli pour être honnête,
Mais faut pas croire que c'est inné !
Faut des qualités personnelles
Pour asservir une nation.
Déjà à l'école maternelle
Je montrais des dispositions,
Mais j'n'ai vraiment pris mon envol,
J'n'ai acquis toute ma dimension
Que lors d'mon passage à l'École
Nationale d'Administration.

J'ai appris toutes les ficelles,
Les coups les plus tordus,
Pour piquer toujours plus d'oseille
À ceux qui croient qu'ils n'en ont plus.
Je peux rendre incompréhensible
La loi la plus élémentaire.
Je ne me trompe jamais de cible,
Je ne m'attaque qu'aux prolétaires,
Aux bourgeois, au monde agricole,
Pour protéger les fonctionnaires,
Car je suis pour eux une idole,
La quintessence du tertiaire.
Mais faut pas croire que je rigole
Planté dans mon complet veston
J'applique c'qu'on apprend à l'École
Nationale d'Administration.

Il est un rêve que je partage
Avec mes coreligionnaires
L'avènement d'un nouvel âge,
La création d'une nouvelle ère,
Pour réduire toutes les injustices,
Éliminer les différences,
Pour gommer enfin tous les vices

Qui paralysent cett' pauvre France.
La méthode pour y arriver
Peut sembler révolutionnaire...
Éliminons tout le privé !
Que chacun devienne fonctionnaire !
Et là je vous jure que ça colle,
Y'a pas d'lézard, c'est du béton,
Comme on dit si bien à l'École
Nationale d'Administration.... Oh yéh !

- C'est donc là votre école ", soupire le disciple,
Quand enfin le quidam repose l'instrument.
" Je note toutefois que vos talents multiples
Ne se cantonnent pas à emmerder les gens.
Même si je n'aime guère ces chants contemporains,
Je préfère vous voir la guitare à la main
Qu'armé d'une machine à calculer l'impôt !
- Comme je vous comprends ! Vous n'avez pas de pot !
J'aurais aimé vraiment devenir un artiste,
Pouvoir, un peu partout, faire mon numéro.
Monter un petit groupe, avec un guitariste
Un batteur, une basse, et peut-être un saxo.
Je n'aurais pas alors, devenu fonctionnaire,
Cherché tous les moyens d'inventer des impôts
Pour servir un État qui ne pense qu'à traire
Chaque jour un peu plus le pauvre populo.

- Je goûte ce discours plus que le précédent,
Et j'ajoute aussitôt que ce populo sage
Nous dit depuis longtemps, dans un fameux adage
Qu'il n'est jamais trop tard pour un bon sentiment.
Jetez donc ce cartable et ce costume sombre,
Et prenez ma guitare, je vous en fais cadeau.
Quittez votre bureau, vous végétez à l'ombre,
Et venez vivre ici. Laissez votre fardeau !

- Tout laisser derrière moi ? Mais vous n'y pensez pas !
J'ai passé des années à bâtir pas à pas
Ce parcours exemplaire de promotion sociale,
Mêlant adroitement ambition et raison.
J'ai cotisé partout, assurant, non sans mal,
Un avenir prospère à toute ma maison.
Mes enfants iront loin dans la fonction publique.
S'ils font mieux que leur père, c'est grâce à mon labeur.
Et j'en suis fier, monsieur, même si – c'est le hic –
J'ai, pour y parvenir, sacrifié mon bonheur.
La chose importe peu, d'ailleurs, qui s'en soucie ?

- Moi ", dit alors Jésus, qui arrive sans bruit.
Avant que le quidam, qui, surpris, se renfrogne,
Ne puisse répliquer et tancer l'importun,
Jean-Pierre, diplomate, pour empêcher sa rogne,
Avec un grand sourire aussitôt intervient :
" Laissez-moi, cher ami, le plaisir et l'honneur,
D'introduire près de vous le maître de ces lieux.
Il se nomme Jésus, fait office de recteur.
Il est seul compétent pour les problèmes aqueux.

- Les problèmes à queues ? " demande alors Jésus.
" J'ai l'impression, hélas, qu'il n'en est sur la terre
D'une autre dimension. Le cul, toujours le cul !
J'aimerais m'occuper de sujets moins primaires.
- Excuse-moi, Seigneur, c'est un malentendu ! "
Répond alors Jean-Pierre dont le front a rougi.
" Ce monsieur que tu vois, tout de sombre vêtu,
Nous vient d'un ministère par qui l'eau est régie.
Il doit en contrôler niveau, et qualité…
- De quelle eau parles-tu ? Celle de la rivière ?
- De la rivière ? Non pas ! Celle du bénitier,
Et puis, sans doute aussi, celle du baptistère.
- Tout à fait ! " Renchérit le quidam qui oublie

Sans une hésitation son moment de faiblesse,
Et qui bombe le torse, et déjà se redresse
Comme un coq, paradant, bien tranquille, à l'abri,
Derrière la clôture qu'il prend pour un rempart,
Quand elle n'est, à nos yeux, qu'enceinte de prison.
Ainsi en est-il donc de ce pauvre Gaspard,
Car je ne l'ai pas dit, mais tel est son prénom.

Jésus, toujours pratique, s'étonne de la chose :
" Que l'on puisse passer du temps à constater
Que l'eau de la rivière est propice à l'alose,
À la truite, au brochet, et toujours y veiller,
Voilà qui parait sain, et jamais n'indispose.
Mais l'eau du bénitier !
                        -    C'est ainsi ! Un décret !
- Ah, si c'est un décret, on n'y peut pas grand-chose.
Allons-y, en ce cas, je vous suis jusque-là.
- C'est que...
                - Oui ?
                    - C'est par où ? Je souhaiterais ne pas
Passer, pour le retour, au bain, comme à l'aller.
- Vous m'en voyez marri, c'est hélas obligé,
Car nous avons aussi nos lois en ces matières. "
Lui dit alors Jésus, qui aidé de Jean-Pierre,
Repousse fermement l'intrus dans la rivière.

Ils sont, dans la seconde, ramenés à l'église,
Mais des trois, c'est étrange, le pauvre fonctionnaire
Est le seul qui dégoutte et mouille la pierre grise.
" Pourquoi suis-je trempé, quand vous ne l'êtes pas ? "
S'énerve-t-il un peu à constater le fait.
" Marcheriez-vous sur l'eau ? Un truc comme ça ?
On dit qu'en d'autres temps un prophète l'a fait. "
Mais Jésus ni Jean-Pierre ne daignent lui répondre.
Ils sourient, goguenards, appuyés au pilier.

Le contrôleur sent sa détermination fondre.
Il s'avance pourtant jusques au bénitier.
En tremblant il approche les doigts de l'eau sacrée,
Effleure la surface et recule aussitôt.
Sa dernière phalange en est restée marquée
D'un éclat écarlate qui fleure le merlot !

D'une langue timide il goûte le breuvage.
Y'a pas à tortiller, c'est du vin, et du bon.
Voilà qui change la nature de son ouvrage !
Il en reste baba, et, pour dire, un peu con...
Jean-Pierre qui jubile sort de sa grande poche
Un tastevin d'argent qu'il tend au fonctionnaire.
" Goûtez-donc, mon ami, ce fin nectar de roche,
Et dites-nous, surtout, comment il fait l'affaire. "

L'autre, d'un geste brusque, saisit le récipient,
Le renverse et s'en va, d'un pas déterminé
Jusques au baptistère. Il le plonge dedans,
L'en ressort et puis goûte. Il a l'air effondré !
" C'est de la limonade ! Qu'est-ce que ça veut dire ?
- Nous suivons vos préceptes, car il convient d'offrir
À ceux dont vous nous dites qu'ils sont une clientèle
Des produits variés, et en quantité telle
Que jamais vos services ne trouvent à redire
Et ne nous expédient courriers, ou même pire,
Pour reprendre les mots que vous disiez naguère...

- Mais mon travail ici devient inopportun,
Si vous servez ainsi du vin ou de la bière.
Je dois en référer, sur formulaire joint,
Au Service de Contrôle des Tâches Ordinaires,
Qui réorientera ce dossier en souffrance
Vers un autre bureau, dans lequel il viendra
Abonder une pile d'affaires en instance,

Jusqu'au jour où quelqu'un d'autre le traitera.
- Et j'ai grand peur, hélas, que lorsque celui-là
Arrivera chez nous pour contrôler le vin,
Il ne trouve dans l'auge qu'une eau de bon aloi,
Et regrette, lui aussi, d'avoir fait le chemin. "
Conclut alors Jean-Pierre d'un sourire sadique.

" C'est une catastrophe, j'en connais la musique ! "
Soupire le fonctionnaire au bord du désespoir.
Un grain de sable, encore, bloque la mécanique !
En ce jour noir c'est noir, il n'y a plus d'espoir ! "
Le pauvre homme accablé s'affaisse dans le costume
Qui dégouline encore, mais sans faire aucun bruit,
Comme s'il craignait de rajouter à l'infortune
De son propriétaire sa touche d'ironie.
Du chœur s'élève alors une douce musique,
Jouée sur des pipeaux par des mains angéliques.

Jean-Pierre se renfrogne et se dit in petto
" C'est parti pour un tour, on va pas finir tôt ! "
Et puis, au visiteur, à voix basse il susurre :
" Choisissez une chaise qui ne soit pas trop dure,
Il va paraboler, y'en a pour un moment. "

Jésus, très concentré, se recueille un instant,
Et puis, de sa voix douce, commence son récit :
" Dans un lointain village, il y a bien longtemps,
Vivait un homme bon, intelligent aussi.
Comme tout un chacun, il avait ses affaires,
Mais il les conduisait de parfaite manière,
Tant et si bien qu'un jour, les autres, réunis,
Longtemps se concertèrent, puis lui parlèrent ainsi :
" Tu es, de tous les hommes présents dans ce village,
Le meilleur, le plus droit, et aussi le plus sage.
Notre communauté, peu à peu, s'agrandit.

Au-delà de chacun, elle accède à la vie.
Elle a besoin qu'on l'aide, et puis qu'on la conduise.
Nous t'avons désigné pour le faire à ta guise.
Sois le représentant de notre autorité,
Assure la police, la justice et la paix.
Chaque jour que Dieu fait, trouve aussi un moment
Pour enseigner la vie à nos petits enfants.
Pour toutes ces missions, nous nous cotiserons
Afin de t'assurer le pain et la maison. "

Et ainsi il fut fait, et cela était bon.
L'homme était réservé, sans être pudibond.
Il était dévoué, faisait bien son ouvrage.
Chacun s'en trouvait bien, et il eût été sage
D'en rester à ce point. C'était trop demander...
L'être humain, c'est son drame, ne s'arrête jamais.
Chaque jour l'un d'entre eux ajoutait une tâche
Aux missions dévolues à ce représentant,
Qui les acceptait toutes, pourvu qu'en bon potage
On sache lui régler tous ses émoluments.

Plus l'homme se dévouait pour le bien de ses frères,
Et plus on lui offrait de faire bonne chère,
Et plus il dévorait tous ces plats succulents,
Plus il devenait fort, gagnant en rendement.
Pour pouvoir plus encore exiger son plateau,
Il s'inventa alors plein de nouveaux travaux,
Comblant le moindre manque de la communauté,
S'occupant des chemins comme de la santé,
S'échinant toujours plus pour pouvoir dévorer,
Dévorant toujours plus ce qu'on lui apportait.

Et bientôt il fixa le prix des prestations
Qu'il avait imposées à la communauté.
Et puis il décréta que ses administrés

Connaitraient le bonheur et la satisfaction
De n'avoir plus à prendre aucune décision.
Il se chargeait de tout. Son organisation
Allait jusqu'à prescrire le travail de chacun,
Planifiant les horaires en fonction des besoins.
Il eut, par-dessus tout, suprême intelligence,
Le soin de laisser croire aux simples citoyens
Qu'ils étaient les patrons de sa petite agence,
Et que, sans leur avis, il ne décidait rien.

Et chaque nouveau jour, il devenait plus gros,
Son efficacité cédait à l'embonpoint,
Mais ses administrés, devenus trop ballots,
S'ils constataient le fait, ne le combattaient point.
Ils étaient effrayés à l'idée, toute bête,
Que s'ils le détruisaient, ils périraient aussi,
Comme si disparaissait le travailleur honnête
Le jour où, par malheur, il casse son outil. "

Jésus fait une pause, se tait un long moment,
Si bien que le silence allant s'éternisant,
Le quidam intervient. Le silence le gêne,
Il n'en respire plus, il manque d'oxygène !
" Et alors ? Et après ? Dites ce qu'il se passe !
Vous nous faites languir, de grâce, racontez !
Comment finit l'histoire ? Elle a tout d'une impasse.
- Ce qu'elle est en effet. Toujours plus affamé,
Ne pouvant se soustraire à cette boulimie
Qu'il avait déclenchée, l'homme dans un sursaut
Avala le village, dévora ses amis,
Et se retrouva seul, complètement ballot.

- C'est stupide comme fin ! " dénonce un peu déçu
Le quidam enfermé dans sa foutue logique.
" C'est stupide comme fin " lui confirme Jésus,

Mais moi, je n'y peux rien, car c'est votre pratique.
J'ai déjà demandé, il y a deux mille ans,
Qu'on rende à ce vieux jules, ou à ses descendants,
Ce qui lui appartient. Peu à peu, ça se fait.
Je n'avais pas pensé, j'étais bien innocent,
Que dans sa boulimie, l'État, cet impudent,
Viendrait comme aujourd'hui piétiner mes rosiers.
Mais après tout, qu'importe ? Le monde est ainsi fait,
Et chacune à son tour, toutes les sociétés
S'appliquent à concevoir et à faire murir
Le fruit empoisonné qui les fera périr.
Dieu seul est éternel, buvons à sa santé,
Car c'est lui qui régale aujourd'hui l'assemblée.

Et Jésus de puiser dedans le bénitier
Trois verres de nectar qu'à chacun il confie,
Puis, levant vers le ciel son propre gobelet,
Il annonce au quidam un peu abasourdi :
-" Je bois au vain nouveau que vous avez servi.
On sait de lui, hélas, qu'il ne vieillira pas.
Vous aviez, vous, le choix, de retourner à lui,
Ou de rester ici, pour marcher dans mes pas.
Puissiez-vous néanmoins toujours vous rappeler
Que vous êtes sur terre pour servir le prochain,
Que l'État qui vous paye ne doit jamais, en rien,
Asservir l'être humain par qui il fut créé.
Et maintenant allez en paix je vous en prie,
Vous n'avez plus, je crains, rien à goûter ici. "
Honteux, confus aussi, un peu corbeau dans l'âme,
Et trainant ses chaussures disparut le quidam.

Chapitre dixième

Ce n'est qu'un au revoir

Jésus, mélancolique, grignote des olives.
Il crache les noyaux sur le sol, à ses pieds,
Traçant en pointillés des énigmes furtives
Qu'il efface aussitôt d'un coup de pied distrait.
Il regarde le ciel, les yeux pleins de reproches,
Puis pousse un long soupir qui fleure le regret.
Enfin, il se redresse, et les mains dans les poches,
Retourne dans sa grotte parfaitement rangée.

C'est à ce moment-là qu'avec ses gros sabots
Se pointe le disciple qui se hausse du col.
Il roule les épaules et fait bien le faraud
Mais sans pouvoir celer son regard un peu drôle.
" Salut à toi, Jean-Pierre, il me faut te parler…
Peut-être as-tu, aussi, quelque chose à me dire ?
- Que nenni, mon Seigneur " répond dans un sourire
Le disciple attentif mais un poil constipé.
" Si si, je le sens bien, un secret te dévore
Que tu voudrais, je crois, me faire partager,
Tout en craignant de moi – pourquoi ? Ça je l'ignore-
Une condamnation, un refus, un rejet…
- Mais non, mon bon Jésus, qu'imagines-tu là ?
Je suis bien incapable de rien dissimuler
À celui dont je suis les traces pas à pas
Afin de bien savoir comment poser mes pieds.
- Tu me mens, je le sais, bien sûr, je te pardonne.
- Je ne mens pas, Seigneur, comment te le prouver ?

Le disciple barbu garde les yeux baissés,
Mais ses deux mains s'agitent comme des métronomes.

Sautant de branche en branche, du haut du chêne, alors
Un coq un peu cabot peaufine son entrée.
Il provoque un raffut qui fait se retourner
Jésus, et le disciple qui se défend encore,
Puis se gratte la gorge, et d'un air satisfait,
Envoie jusqu'au ciel un cocorico sonore.
" C'est pas vrai, tu l'as fait ! " explose alors Jean-Pierre,
" Après deux mille années, tu as recommencé !
Le coup du chant du coq, j'en ai plein le derrière.
Bon, d'accord, j'ai menti, faut quand même pas pousser !
- Arrête de râler, c'était juste pour rire,
Et dis-moi donc plutôt ce que tu me cachais.
- C'est que… Voilà Seigneur, je vais me marier !

Ça tombe bien, mon vieux, car vois-tu je me tire.
Papa m'a rappelé à mes devoirs célestes,
C'est la fin des vacances, je retourne là-haut.
Je ne prends que ces fringues, je te laisse le reste.
- Dis-moi seulement si tu reviendras bientôt…
- Inch Allah, mon vieux Jean-Pierre, inch Allah.

Soyez sur vos gardes, veillez, car vous ne savez pas quand ce
sera le moment
(Marc, 13-33)

Printed in Great Britain
by Amazon